끝이 없는 스칼렛

끝이 없는 스칼렛

호소다 마모루 지음
이승원 옮김

목 차

프롤로그

『여기는 삶과 죽음이 뒤섞이는 장소. 그 둘은 대립하지 않지. 시간 또한 마찬가지야. 여기서는 과거도 미래도, 항상 융합돼.』

노파의 쉰 목소리가 허공에 울려 퍼졌다.

멀리서 들려오는 종소리처럼, 세월이 묻어나는 그 목소리가 스칼렛의 의식을 뒤흔들었다.

그녀는 감고 있던 눈을 천천히 떴다. 찬란한 빛이 일제히 눈 속으로 스며들자 눈이 너무 부신 나머지 눈을 몇 번이나 깜빡였다. 그리고 그 빛에 조금씩 익숙해지니 주위의 풍경이 점점 선명해졌다.

"……!"

스칼렛은 빛이 비추는 물의 정원에 서 있었다.

연분홍색 머리카락은 우아하게 땋아 올렸고 귀에는 왕가에서 전해져 내려오는 루비 귀걸이가 빛나고 있었다. 드레스는 셀 수 없이 많은 새하얀 꽃으로 꾸며져 있었다. 그녀는 막 열아홉 살이 됐다.

"여기는, 천국……?"

먼 곳을 쳐다보니 물의 정원과 하늘의 경계가 모호했다. 발목까지 찬 물의 차가운 감촉이 맨발을 통해 느껴졌다. 얕은 바닷가에 홀로 남겨진 듯한 불안함에 가슴이 떨렸다.

바로 그때, 먼 곳에 존재하는 흐릿한 사람 그림자가 눈에 들어왔다. 숨을 죽인 채 그 인물이 천천히 다가오는 모습을 응시했다. 어렴풋한 윤곽만 봐서는 아무것도 알 수 없었다. 그런데도 가슴 속에서…….

저건 분명, 내 운명의 사람—.

그렇게 중얼거렸다. 왜 그렇게 생각한 건지는 모른다. 하지만 가슴 속에서 느껴지는 고동이 그 예감을 뒷받침했다. 저 사람은 이제부터 내 인생에 깊이 관여할 것이다. 자연스레 두 눈에 눈물이 맺혔다. 흐릿한 시야 안에서 그의 모습이 일렁였다.

틀림없다. 내, 운명의…….

가슴이 옥죄어들 만큼 감정이 샘솟은 것은 처음이었다.

이 감정의 정체는 대체 무엇일까.

기쁨일까. 사랑일까. 아니면 절망일까.

*

쿠우웅…… 쿠우웅…… 쿠우웅…….

섬뜩한 굉음이 어두운 하늘에 울려 퍼졌다.

황량한 대지에서 오싹할 만큼 기괴하게 갈라지고 있는 무수한 곡선이 지평선 너머까지 새겨졌다. 그것은 자연적으로 생긴 것으로는 도저히 여겨지지 않았다. 거대한 생물의 모세혈관을 현미경으로 들여다보고 있는 것만 같았다. 이것들은 와디(Wadi)라고 불리는 커다란 강의 흔적이었다. 과거에는 물이 넘실거리던 강이 지금은 완전히 메마르면서, 물이 흐른 복잡한 흔적만이 사막에 새겨져 있는 것이다.

이런 기묘한 땅을 홀로 걷는 이가 있었다.

스칼렛이다.

물의 정원에서의 우아한 모습과는 딴판이었다. 낡고 빛바랜 망토를 걸치고 여행용 짐을 짊어졌으며 칼에 의한 흠집이 무수히 새겨진 검은색 가죽 방어구를 차고 있었다. 흐트러진 연분홍색 머리카락은 모래로 범벅이 되어 있었고 피와 진흙으로 더러워진 얼굴에는 다크서클이 깊이 새겨져 있었다. 입술 또한 메말라서 갈라진 그녀에게서는 왕녀였던 시절의 흔적이 전혀 남아 있지 않았다. 하지만 그 눈동자는 날카롭게 빛났고 걸음에서는 힘이 넘쳤다. 체념을 모르는 의지가 그녀를 앞으로 나아가게 했다.

메마른 공기 속에서 스칼렛은 미세한 습기를 느꼈다. 수분이다. 사방을 둘러보며 코로 냄새를 맡더니 곧 어딘가로 단숨에 달려갔다. 발견한 것은 연못 정도 크기의 웅덩이였는데 빗물이 안에 고여 있었다. 그녀는 서둘러 천을 적시더니 얼굴에 대고 갈색 이슬을 빨아먹었다. 미지근한 흙탕물이 말라비틀어진 목을 적셨다.

몸을 일으킨 후 다시 걷기 시작했다. 하지만 얼마 걷지도 않았는데 구역질이 났다. 몸을 구부리고 아까 마신 흙탕물을 전부 토했다. 모래 위에 토한 토사물 안에서 다리가 여러 개 달린 기괴한 벌레가 꼬물거리고 있었다.

"으으윽."

그런 그녀의 귀에…….

『너…….』

바람 소리 같은 목소리가 들려왔다.

『……어이, 너 말이야!』

짜증스러운 그 목소리는 귀에 익었다. 바로 그 노파다. 그 목소리는 모래에 파묻힌 갑옷과 낡은 투구에서 들려왔다.

『여기가 어디인지 알고 있는 게냐?』

스칼렛은 고통을 견디며 겨우겨우 하늘을 올려다봤다.

하늘이 펼쳐져 있어야 하는 머리 위에는 사나운 바다가 펼쳐져 있었다. 바다는 천지가 뒤집힌 것처럼 하늘을 뒤덮고 있었고 새하얀 파도가 미친 듯이 소용돌이쳤다. 메마른 대지에 서 있는 이의 손이 닿을 리 없는 높이에서 물이 넘실대고 있었다.

그 하늘의 바다에 기묘한 번개가 쳤다. 몇 겹으로 접히고 뒤엉키면서 하늘을 종횡무진으로 달리더니, 공중에 복잡한 문양이 그려졌다.

섬광이 사라지는 것과 동시에 상상을 초월하는 것이 스칼렛의 눈에 비쳤다.

시야를 가득 채울 만큼 거대한 드래곤이 천공의 바다에서 유유히 헤엄치고 있었다.

그 모습은 고대의 전설에 나오는 용보다 훨씬 거대했다. 머리만 해도 커다란 언덕만 했으며 몸집은 눈으로 잴 수도 없을 정도였다. 하늘의 바다를 헤엄치는 그 모습은 구름을 뚫을 만큼 컸고 꼬리 끝이 보이지 않을 만큼 길었다. 흑요석 같은 비늘에 감싸인 몸에는 셀 수도 없을 만큼 많은 창과 작살이 꽂혀 있었다. 고대의

13

청동검과 불에 탄 흔적마저 있었다. 그런 상처는 저 드래곤이 수천 년 동안 인간의 역사를 초월해 존재해 왔다는 증거였다. 몸의 중심을 꿰뚫은 거대한 말뚝이 보였지만 그런 깊은 상처마저 개의치 않는 것 같았다.

드래곤은 커다란 입을 벌리더니 처절한 포효를 터트렸다.

오오오오오오오오…….

그 소리는 발치의 대지마저 뒤흔들었다.

스칼렛은 멈춰서서 자신이 너무나도 조그마하고 무력하단 사실을 받아들일 수밖에 없었다.

『……여기는 말이지…….』

모래에 묻힌 투구에서 노파의 목소리가 들려왔다.

그 말을 들을 필요는 없었다. 스칼렛은 여기가 어디인지 알고 있다. 그녀는 낮은 목소리로 자기 자신에게 말하듯 읊조렸다.

"죽은 자들의 나라."

                                   *

―그렇다. 나는 죽었다―.

어둠이 마음속 목소리를 조용히 집어삼켰다.

눈을 치켜뜬 스칼렛의 더러움을 모르는 새하얀 얼굴이 천천히 낙하했다.

—증오해 마지않는 원수에게 복수하려다 실패해서, 죽었다—.

삶의 영역에서 발을 헛디딘 그녀의 몸은 심연의 어둠으로 떨어졌다. 공기는 무겁고 눅눅했으며 썩은 내와 피비린내가 코를 찔렀다.

그곳에는 온갖 시대의 무수한 전사들의 유해가 쌓여 있었다. 고대 로마의 군단병, 유목민의 기마병, 중세 기사, 중동의 전사들……. 그들은 검붉은 수면에 차례차례 떠올랐다. 전쟁의 끔찍함을 짊어지고 있는 그들의 시체는, 이 땅이 모든 전쟁의 종언을 맞이하는 장소라는 것을 나타내듯 조용히 떠 있을 뿐이었다.

스칼렛의 순백색 드레스는 검붉은 피에 물들었다. 머리카락은 진흙으로 범벅이 됐고 얼굴에도 피가 튀었다. 공포에 질린 입술로 거친 숨을 연거푸 내쉬고 있었다. 떨리는 손으로 몸을 지탱하며 비틀거리면서도 몸을 일으키려 했다.

바로 그때, 전사의 유해가 움직이면서 스칼렛의 머리카락을 움켜쥐었다.

"윽?!"

썩어 들어가는 손이 차례차례 뻗어오더니 그녀의 드레스를 움켜쥐었다. 경악에 찬 비명을 지를 새도 없이 곧장 시체의 산속으로 끌려 들어갔다. 필사적으로 저항했지만 수많은 손에 잡혀 꼼짝도 할 수 없어서 그대로 피와 진흙 속에 파묻혔다.

"하아…… 하아……."

거친 숨을 내쉬는 스칼렛의 눈동자에서 눈물이 터져 나왔다. 공포가 아닌 원통함에서 비롯된 눈물이었다. 떨리는 입술을 피가 날 정도로 깨물었다.

어째서 이렇게 된 것일까?

복수의 원념에 사로잡혀 목숨을 걸고 싸운 끝에서 기다리고 있던 것은 이 지옥이었다. 의식이 멀어져가는 가운데, 뇌리에 과거의 기억이 떠올랐다. 왕국의 영광. 아버지와 보낸 행복한 나날. 그리고 모든 것을 앗아간 원수의 얼굴. 그런 기억이, 이 잔혹한 현실과 포개졌다.

볼을 타고 흘러내린 눈물이 진흙, 그리고 피와 뒤섞였다.

그녀는 이 죽은 자들의 나라에서 어찌할 도리 없이 사라질 수밖에 없는 것일까?

엘시노어 성

엘시노어 성은 해협에 존재하는 요새이자 아름다운 궁전으로, 성문에는 왕관과 사자 문양이 새겨져 있으며 그 당당한 위엄을 과시하고 있었다. 성벽과 탑에 둘러싸인 이 성은 바다에서의 침략자를 막기 위한 견고한 방어 시설이었다.

　이웃 나라인 스웨덴과의 사이에 펼쳐진 외레순 해협에는 돛을 펼친 대형 상선이 수도 없이 떠 있었고, 배에 걸린 다양한 나라의 국기가 펄럭였다. 그런 배와 육지 사이를 조그마한 배가 바쁘게 오가고 있었다.

　통행세를 징수하는 관리의 목소리가 바닷바람을 타고 들려왔다. 이 세수는 왕국의 재정을 지탱하는 중요한 수입원이며 덴마크의 번영을 지탱하는 기반이다.

16세기 말, 유럽은 각국이 세력을 경쟁적으로 키우면서 해상 교역이 번성했다. 덴마크는 북유럽의 핵심으로서 발트해와 북해를 잇는 중요한 항로를 관리하고 있었고, 그 요충지에 위치하는 외레순 해협을 장악한 점이 국가의 번영에 직결되고 있었다.

스칼렛 왕녀는 외교를 위해 여행을 떠난 아버지의 귀환을 이제나저제나 기다리고 있었다. 돌을 깔아 만든 도로에 울려 퍼지는 말발굽 소리가 멀리서 들려오자, 열세 살 소녀의 푸른 눈동자가 기쁨에 휩싸였다. 길게 땋은 머리카락을 휘날리며 성의 복도를 내달려 서둘러 발코니로 향했다.

엘시노어 성의 안뜰에 기마대를 거느린 국왕 암렛이 귀환했다.

"아버님!"

"스칼렛!"

암렛 왕은 안뜰 쪽으로 난 발코니에서 딸을 발견한 순간, 따뜻한 미소를 지으며 손을 흔들었다.

스칼렛은 흥분을 감추지 못하고 어머니인 거트루드 왕비를 돌아본 후 말했다.

"어머님, 아버님께서 돌아오셨어요."

그리고 그렇게 말하자마자 그대로 계단을 뛰어 내려갔다.

안뜰로 이어지는 문을 힘차게 열면서 막 말에서 내린 아버지를 향해 달려간 스칼렛은 힘차게 안겨들었다.

"스칼렛!"

"뵙고 싶었어요!"

아버지를 응시하는 왕녀의 눈은 세상을 향한 신뢰로 가득 차 있었다.

왕은 딸을 안아주며 미소 지었다.

"네가 우리가 무사하기를 신께 빌어준 덕분이란다."

그렇게 말한 왕은 딸의 머리를 상냥히 쓰다듬어줬다. 그는 오랜 여행 탓에 먼지로 범벅이 된 망토를 걸쳤고 얼굴에서도 피로가 묻어났다. 여행 동안 자란 수염은 약간 희끗희끗했다. 왕녀는 그런 아버지의 변화를 눈으로 확인하더니 너무 무리하지 말기를 마음속으로 몰래 빌었다.

거트루드 왕비는 그 모습을 발코니에서 차가운 눈길로 내려다봤다. 호화로운 의상과 화려한 보석으로 꾸며져 있었지만, 남편과 딸의 재회를 응시하는 어머니답지 않은 감정이 그 눈에 어려 있었다.

클로디어스는 분노에 찬 눈길로 형을 노려보았다.

"군대를 파견해, 암렛."

"클로디어스."

"당하기 전에 지배하라고."

클로디어스는 그렇게 주장하며 주먹을 말아쥐었다.

"동생아, 부디 진정하거라."

암렛은 조용히, 그러면서 의연한 태도로 대답했다.

엘시노어 성의 집무실에서는 이 왕국의 장래를 둘러싼 논의가 펼쳐지고 있었다.

덴마크와 스웨덴은 오랫동안 발트해의 패권을 둘러싸고 다퉈 왔다. 독립한 스웨덴은 칼마르 동맹이 붕괴하자 발트해의 패권을 얻기 위해 세력을 확대하기 시작했고, 덴마크와의 대립이 한층 격화됐다.

얼마 전에도 직접 스웨덴에 간 암렛은 이 다툼이 전쟁으로 발전하지 않도록 많은 시간과 노력을 들이며 세밀한 교섭을 했다.

하지만 클로디어스는 암렛의 수법이 무르다고 느꼈다. 바로 이 순간에도 스페인, 영국, 네덜란드 같은 나라들이 해군력을 강화 하면서 새로운 영토와 교역로 확보를 호시탐탐 노리고 있었다. 이런 정치 정세 속에서는 덴마크도 군비를 강화하지 않았다간 발 트해의 지배권을 언제 빼앗길지 모른다. 스웨덴을 예전처럼 다시 지배하는 것만이 덴마크의 장기적인 안전을 보장해 주며, 그러기 위해서는 전쟁도 불사해야 한다고 클로디어스는 주장했다.

암렛은 한숨을 내쉬며 고개를 저었다.

"전쟁은 그 누구에게도 득이 되지 않는다. 끈질긴 교섭으로 힘의 균형을 도모하고, 적대보다 신뢰를 쌓아나간다. 그것이 우리가 살아남을 길이야."

나이 많은 가신과 제후들은 차례차례 고개를 끄덕였고 안심했다는 듯이 왕의 의견에 찬동의 뜻을 표시했다.

클로디어스는 격렬한 분노와 실망에 사로잡히더니 얼굴을 새빨갛게 붉히며 외쳤다.

"이렇게 어리석은 왕이 있을 수가……!"

그는 부슬 듯이 문을 거칠게 닫고 그대로 집무실을 나섰다.

"……."

암렛은 창가에 서더니 머나먼 외레순 해협을 응시했다. 불안이 어린 눈길을 머금으며 "평화로운 미래를 위해서다." 하고 중얼거렸다. 그 중얼거림은 기도처럼 조용히 성의 돌벽에 빨려 들어갔다.

황금색으로 익은 밀의 이삭이 바람에 흔들리는 곳에서 농민들이 땀을 흘리며 수확에 힘쓰고 있었다.

그 일부가 성 쪽으로 옮겨지고 있었다.

암렛은 밀의 이삭을 손에 쥐더니 사랑스러워하는 눈길로 그 향기를 맡았다. 품질을 확인하고 빙긋 웃자 농민들이 안도한 표정을 지었다. 요즘 들어 날씨가 나빠서 흉작이 이어졌는데 올해는 오래간만의 풍작이다. 왕은 농민들의 어깨를 두드리며 노고를 위로했다.

"암렛 폐하는 좋은 군주십니다."

잿빛 머리카락을 지닌 늙은 시종이 그렇게 말했다.

"백성에게 사랑받고, 이웃 나라와도 우호적인 관계를 형성하고 계시지요."

스칼렛에게, 이런 아버지의 모습은 자랑거리 그 자체였다. 존경과 애정에 찬 눈길로 아버지를 응시했다.

발트해를 한눈에 볼 수 있는 초원에 스칼렛과 암렛이 나란히 앉아 있었다. 바다 냄새를 머금은 바람이 왕녀의 머리카락을 상냥히 쓰다듬었다. 연분홍색 머리카락에 새하얀 데이지 꽃과 블루벨 꽃을 엮어서 만든 꽃관이 놓였다.

스칼렛은 잉크로 범벅이 된 손가락으로 깃털 펜을 쥐더니, 무릎 위에 놓인 화판의 종이 위에 무언가를 그리고 있었다. 너무 집중한 나머지 미간이 살짝 찡그려졌다. 아마포로 된 셔츠 차림인 암렛은 맞은편에 앉아서 온화한 눈길로 딸을 응시하고 있었다. 국왕의 옷과 왕관을 내려놓으니 평범한 아버지와 별반 다르지 않았다.

"스칼렛, 중요한 건 뭐지?"

스칼렛은 펜을 쥔 채 미소를 지었다.

"적대보다 우호와 신뢰를. 저는 아버님이 바라는 왕녀가 되겠어요."

그녀는 아버지의 눈을 똑바로 응시하며 그렇게 말했다. 마음에서 우러난 경애가 그 눈에 담겨 있었다.

암렛은 쓴웃음을 머금었다.

"왕녀이기 전에, 너는 한 명의 여자아이란다. 그런 건 너무 신경 쓰지 말고 쑥쑥 크렴."

그녀는 "다 됐어."라고 말하더니 자기가 종이에 그린 느낌을 환하게 웃으며 보여줬다. 거기에는 서툰 솜씨로 암렛이 그려져 있었다.

"아하하. 멋진 남자로 그려줬구나. 기쁜걸."

그는 그림을 보고 진심으로 즐거워하며 웃었다.

스칼렛도 기뻤다. 자리에서 일어나더니 기쁨을 표현하듯 빙글빙글 돌면서 아버지의 가슴에 뛰어들었다. 아버지도 그런 딸이 사랑스럽다는 듯이 끌어안았다.

"하하하하하."

그녀가 보는 세상은 행복으로 가득 차 있었다.

그런 두 사람을, 왕녀 거트루드는 성의 돌담 뒤편에서 응시하고 있었다. 숨기고 있는 혐오와 질투가 그 눈에 어려 있었다.

성의 복도에는 암렛 왕의 초상화가 걸려 있다.

그림 속의 왕은 전투용의 검은 갑주를 걸쳤고 어깨에는 부와 힘을 상징하는 붉은색과 금색의 띠를 걸쳤으며, 세밀한 장식이 새겨진 멋진 검을 차고 있었다.

스칼렛은 초상화 속의 아버지를 올려다보면서, 완전히 마르지 않은 유화 물감의 독특한 냄새가 나는 그 그림과 자신이 그린 아버지의 그림을 비교했다. 유화는 자신의 그림과 전혀 달랐다. 한 나라의 통치자로서의 위엄을 과시하듯 진지한 표정으로 그려져 있었다. 그녀에게는 익숙하지 않은 아버지의 얼굴이었다. 화가는 왕으로서의 아버지를 그린 것이다. 아버지에게는 상냥함 말고도 다른 측면이 잔뜩 있다는 생각이 들었다. 언젠가 아버지의 마음을 전부 이해하게 되는 날이 올까.

문득 옆을 쳐다보니 왕녀를 지그시 응시하고 있는 거트루드의 얼굴이 보였다.

왕녀는 몸을 돌리고 잉크 범벅인 손으로 종이를 펼치면서 자기가 그린 그림을 보여줬다.

"어머님. 저는 아버님이 바라는——."

거트루드가 말을 끊었다.

"더러운 손."

"네?"

거트루드는 왕녀에게서 그림을 빼앗은 뒤 갈기갈기 찢어서 바닥에 버렸다.

"……"

스칼렛은 너무 충격을 받은 나머지, 아무 말도 못 하고 그 자리에서 굳어버렸다.

그러나 거트루드는 표정 하나 바꾸지 않고 가버렸다.

"……"

왕녀는 바닥에 떨어진 종잇조각을 멍하니 쳐다봤다. 무엇 때문에 어머니가 저렇게 화난 것인지 짐작조차 안 되었다.

"남편은 딸을 너무 사랑해."

거트루드는 달빛이 스며드는 천장 달린 침대에 걸터앉으면서 중얼거렸다.

"그 자식은 착한 척하는 얼간이일 뿐이야."

같은 침대에 앉은 클로디어스는 왕비에게 등을 보이며 내뱉듯
이 낮은 목소리로 말했다.

거트루드는 도발하듯 클로디어스를 응시했다.

"남편은 모든 것을 손에 넣었는데, 당신에게는 아무것도 없어.
같은 형제인데 말이야."

"그렇지. 어릴 적부터 쭉, 놈의 귀에 독을 부어 넣는 꿈을 꿨어.
……이대로 계속 무시당하며 살 수는 없어. 절대로……."

클로디어스는 분노의 대상이 마치 거기에 있는 것처럼 허공을
노려봤다.

거트루드는 두 손으로 머리핀을 풀어서 머리카락을 늘어뜨렸
다. 비단 드레스가 흘러내리자 왕비의 새하얀 피부가 훤히 드러
났다.

"나는 언제든, 왕이 될 남자의 것이야. 당신에게 그럴 각오가 있
다면, 보여줘."

왕비는 질문을 던지는 듯한 눈길로 응시했다.

클로디어스의 견과류를 연상케 하는 체취와 거트루드의 흰 복
숭아를 연상케 하는 체취가 시트 위에서 뒤섞였다. 잘 손질된 기

나긴 손톱으로 긴장된 근육을 정성 들여 쓰다듬자, 그는 짐승 같은 신음을 토했다. 그녀가 무릎을 꿇으며 그의 위에 올라타니 기나긴 머리카락이 그의 얼굴 위로 흘러내렸다. 손가락 끝이 천천히 열기를 머금으며 젖어 들어가고 있는 자신의 몸 깊숙한 곳으로 그를 인도했다.

거트루드에게 스칼렛은 용납할 수 없는 존재였다.

자신이 계모라서 애정을 품지 못하는 것만은 아니다. 그녀가 자신을 방해하는 존재란 생각을 지울 수 없었다.

대를 이을 남자아이를 낳을 것을 기대받으며 왕가에 시집을 왔지만 암렛은 자신을 충분히 사랑해 주지 않았다. 왕과의 관계가 식으면서 왕비로서의 존재의의에 의문을 느끼게 됐다.

그녀는 그렇게 된 이유 또한 스칼렛에게 있다고 생각했다. 자신을 제쳐놓고 부녀가 비정상적일 만큼 친밀한 모습을 보여줄 때마다, 짜증에 사로잡혔다. 이대로 남자아이를 낳지 못한다면 왕위 계승자는 스칼렛 왕녀가 되면서 자신은 권력을 잃고 말 것이다.

그 계집애가 자신의 인생을 위협하고 있는 게 틀림없다. 말로 형용할 수 없는 초조와 불안이 거트루드를 은밀히 궁지에 몰았다. 뭔가 수를 써야만 한다.

그래서 그녀는 클로디어스의 야심에 주목했다. 그를 이용한다면 이 상황을 뒤집을 수 있을지도 모른다.

그날 밤, 거트루드는 클로디어스를 부추기는 데 성공했다.

어둑어둑한 복도를, 암렛 왕이 숨을 헐떡이며 달렸다.

커다란 땀방울이 볼을 타고 흘러내렸다. 벽에 걸린 촛대에서 흔들리는 등불이 그림자를 불규칙적으로 춤추게 했다.

수많은 근위병이 갑옷 소리를 내며 성안을 수색하고 있었다. 복도를 달리는 발소리, 문을 여닫는 소리, 병사들의 고함소리가 성안에서 소용돌이쳤다.

교회의 스테인드글라스 아래에서 클로디어스가 분노에 찬 고함을 질렀다.

"큰일이다. 이 성에 반역자가 있어."

그리고 그 증거인 문서 다발을 치켜들었다. 독일어로 적힌 문서의 내용을 발췌하면 아래와 같았다.

『암렛 국왕이 이웃 나라와의 화평 교섭을 이용해, 자국의 군사 정보와 국내 정보를 전달하고 있다. 전쟁 회피를 위해, 영토 일부를 분할 양도할 것을 약속했다. 또한, 그는 이웃 나라 상인에게의 세금 우대를 무단으로 결정했다.』

클로디어스는 성안에 울려 퍼질 만큼 큰 목소리로 외쳤다.

"잡아라. 절대 놓쳐선 안 된다."

암렛은 몇 번이나 뒤를 돌아보면서 추격자에게 들키지 않도록 어두운 복도를 계속 달렸다.

하지만 성의 지하 병영에서 결국 근위병들에게 발각되어 포위 당하고 말았다.

궁정 가신인 길든스턴과 로젠크란츠는 이제까지의 순종적인 태도는 어디 간 것인지, 옅은 비웃음을 흘리며 암렛에게 다가섰다.

"독 안에 든 쥐새끼."

길든스턴이 매몰찬 어조로 그렇게 말했고.

"이걸로 끝이다, 체크메이트."

로젠크란츠도 비웃듯 그렇게 덧붙였다.

하지만 방금까지 암렛을 지키는 게 임무였던 근위병들은, 왕을 잡는다고 하는 이 비정상적인 상황에 당혹감을 감추지 못한 채 표정이 딱딱하게 굳어 있었다.

암렛은 그들을 둘러보더니 그 심정을 이해한다는 듯 힘없이 웃었다.

엘시노어 성의 안뜰은 기묘한 긴장감에 휩싸여 있었다.

불꽃이 지면에 깔린 돌을 그을음 범벅으로 만들고 있었다. 어둑어둑한 하늘이 지상의 색채를 빼앗으면서 숨막히는 분위기를 만들었다.

검은 예복을 입은 대주교의 라틴어로 드리는 낮은 기도 소리가 간헐적으로 들려왔다.

"Miserere nobis……."(자비를 베푸소서…….)

은색 향로에서 피어오르는 우윳빛 연기가 소용돌이치며 하늘로 솟아올랐다.

덴마크 왕국은 프로테스탄트이며 보수적인 루터파다. 하지만 대주교는 프로테스탄트인데도 불구하고, 주교관을 쓰고 있었다.^{미트라} 향을 피우는 것도 가톨릭의 전통이다. 성직자들이 가톨릭인 클로디어스에게 순종의 뜻을 표하기 위해 종파를 바꾼 게 명백했다.

안뜰에는 수많은 사람들이 몰려든 탓에 빈자리가 없었다. 불안과 혼란, 믿기지 않는 사태에 대한 당혹감으로 가득 차 있었다. 노인들은 떨리는 손으로 십자가를 긋고 있었고 어머니들은 어린 자식의 눈을 가렸다.

사람들의 시선이 향하는 곳에는 참나무로 만든 처형대가 있었다.

길든스턴과 로젠크란츠가 아래편에서 히죽거리며 쳐다보는 가운데, 등 뒤로 돌린 손에 수갑이 채워진 암렛 왕은 그 처형대에 자기 발로 올라갔다. 왕은 왕관을 잃었고 아마포로 된 셔츠와 흐트러진 머리카락이 바람에 휘날리고 있을 뿐이었다. 하지만 그 눈에는 여전히 왕으로서의 위엄이 어려 있었다. 고개를 들자, 발코니에서 차가운 눈길로 자신을 내려다보고 있는 클로디어스와 거트루드가 보였다.

진한 녹색의 상의를 걸친 클로디어스는 증거인 문서를 손에 쥔 채 연극을 하는 투로 규탄했다.

"오오, 형이여. 이웃 나라와 공모하다니, 왜 그렇게 무시무시한 짓을 벌인 것이지?"

암렛은 냉정하게, 그러면서 의연한 태도로 답했다.

"권력에 눈이 먼 동생아. 거짓 증거를 제시하면서까지 추악한 살인자가 될 생각인 것이냐."

"닥쳐라!"

클로디어스의 고함이 안뜰에 울려 퍼졌다. 문서가 가짜라는 지적을 받고 약간 동요했다는 사실을 들키지 않기 위해, 그는 군중을 향해 선언했다.

"백성들이여. 배신자에게는 벌을 내려야만 한다. 그 처벌이 이뤄졌을 때, 신께서는 나를 새로운 왕으로 선택하실 것이다."

하지만 사람들은 믿기지 않는다는 듯이 서로의 얼굴을 쳐다보며 말했다.

"폐하께서 그런 짓을 하실 리가 없어."

"뭔가 잘못된 거야."

"암렛 폐하를 믿습니다."

다들 클로디어스의 말이 진실이라 생각하지 않았다.

클로디어스는 그 반응을 보고 초조함을 느낀 것인지, 일을 서두르기 위해 날카롭게 명을 내렸다.

"시작하라."

그 목소리에 맞춰 재상인 폴로니어스와 그의 아들인 레어티즈, 수비대의 정예인 코넬리우스와 볼티먼드가 검을 쥐고 처형대에 올라갔다. 칼날이 두껍고 끝부분이 각져 있는 것이 특징인 처형용 검이었다.

사람들은 소란을 피우며 제지하려 했지만 위병들이 힘으로 그들을 막았다.

이제까지 국왕의 처형은 퇴위를 시킨 후에 몰래 암살을 시도하는 게 상투 수단이었다. 이렇게 백성들 앞에서 처형을 진행하는 것은 지극히 이례적인 사태였다. 그래서 충격을 받은 건지, 사람들의 동요한 마음이 포개지면서 커다란 파도가 되어 안뜰에 울려 퍼졌다.

클로디어스가 자리를 비우는 것과 동시에, 비통한 표정의 스칼렛이 발코니의 오른편 난간에 매달리며 고함을 질렀다.

"아버님!"

그녀는 눈앞에서 벌어지고 있는 일이 믿기지 않았다. 아버지가 처형대 위에 서 있는 것이다. 연분홍 머리카락은 흐트러졌고, 얼굴은 새파랗게 질렸으며, 목소리는 공포에 떨리고 있었다.

"어째서 이런 일이……."

"……!"

암렛이 왕녀를 발견한 순간, 이제까지 냉정하던 그의 표정이 순식간에 무너졌다. 딸을 올려다본 그는 눈썹을 찌푸리면서 비통한 표정으로 뭐라고 외쳤다.

"……○○○○……."

하지만 그 말은 사람들의 시끄러운 소리에 삼켜져서 들리지 않았다.

"방금, 뭐라고 하셨나요?"

스칼렛은 난간을 세게 움켜쥐더니 필사적으로 귀를 기울였다.

암렛은 다시, 딸을 향해 고함을 질렀다.

"……○○○○……."

하지만 그 목소리도 수많은 소음 탓에 들리지 않았다.

폴로니어스와 레어티즈가 암렛의 어깨를 잡고 억지로 무릎을 꿇렸다. 폴로니어스의 표정에는 자부심이 어려 있었다. 레어티즈의 입가에는 미소마저 감돌고 있었다. 이제까지 암렛의 신하였으면서 주저하는 기색을 찾아볼 수 없었다.

"네? 뭐라고 하셨어요? 아버님."

그녀는 난간에서 금방이라도 떨어질 것 같을 만큼 몸을 쑥 내밀었다.

동요한 목소리가 더욱 커져가는 가운데, 암렛은 딸을 응시하면서 애정과 슬픔이 뒤섞인 표정을 지었다. 뭔가 매우 중요한 것을 전하려 하고 있다. 입술이 또 움직였다.

"……○○○○……."

하지만 그 목소리도 그녀에게 전해지지 않았다.

"기다려."

초조함에 사로잡힌 스칼렛은 발코니에서 떨어진 후 건물 안의 계단을 순식간에 뛰어 내려갔다.

네 명의 처형인이 일제히 검을 치켜들었다.

칼날이 옅은 햇살을 받고 둔탁하게 빛났다.

사람들이 숨을 삼킨 순간, 정적이 찾아왔다. 성직자들의 기도하는 목소리 또한 끊겼다.

거트루드는 전혀 표정을 무너뜨리지 않고 이 광경을 지켜보고 있었다.

스칼렛이 문을 밀어젖히며 안뜰로 뛰어 들어간 순간, 눈에 들어온 것은 앞으로 쓰러지는 아버지의 모습이었다.

암렛의 피가 처형대의 계단을 타고 흘러내리더니 돌로 된 바닥을 적셨다. 그 붉은 색이 너무나도 선명한 나머지, 도저히 현실이란 생각이 들지 않았다.

"……!"

아버님이라고 외치고 싶지만 목소리가 나오지 않았다. 가슴속에 있는 어릴 적 추억, 아버지와의 즐거운 나날의 기억이 무너져 내렸다.

피 웅덩이 속에 쓰러져 있는 아버지의 모습.

그녀의 목에서 미친 듯한 절망의 목소리가 터져 나왔다.

"아아아아아아아아!"

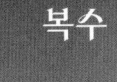

복수

스칼렛은 이제부터의 자기 인생을, 아버지의 복수에 바치기로 맹세했다.

　그 순간부터 그녀의 세계는 변모했다. 바닷가에서 순진무구하게 춤추던 소녀의 면모는 사라졌다. 행복하던 나날로는 두 번 다시 돌아갈 수 없다.

　스칼렛은 가녀린 팔로 검술 수행을 했다. 공기를 찢는 검 소리가 지하 병영에 울려 퍼졌다. 아버지가 잡혔던 바로 그 장소다. 날카로운 눈동자로 억누를 수 없는 강렬한 복수심을 불태웠다.

　지도 역할은 암렛 왕에게 충성을 맹세했던 믿을 수 있는 인물이 뽑혔다. 근위병 중에서도 검술이 뛰어난 자였고 상대가 왕녀이든 열세 살 소녀이든 인정사정 봐주지 않았다.

시녀들이 두려움과 연민이 섞인 눈길로 놀라울 만큼 변모한 왕녀를 응시했다.

"큭……."

그녀는 미숙하기에 몇 번이나 검을 놓치고 말았다. 손에는 상처가 몇 개나 존재했다. 분한 마음과 굴욕으로 가슴속이 가득 차 있었다. 이를 악물며 검을 다시 쥐었다.

클로디어스는 진정한 왕이 됐다.

긴급 소집한 의회의 승인을 받은 후 엘시노어 성의 교회에서 대관식이 치러졌다. 덴마크의 관습에 따라 성유(聖油)를 두 어깨 사이와 팔에 발랐다.

덴마크 귀족만이 아니라 지배하에 있는 노르웨이, 아이슬란드, 페로 제도, 슐레스비히 공국에서도 제후와 관리가 찾아왔고 화려한 의상을 걸친 새로운 왕 앞에서 무릎을 꿇었다.

"국왕 클로디어스 폐하. 만세."

스칼렛은 대관식에 참석하지 않았고 검은색 상복 차림으로 성 복도에 홀로 앉아 있었다.

새로운 왕은 옥좌에 앉자마자 명했다.

"이웃 나라에 군대를 보내서, 반란을 진압하라."

복도의 창문 너머로 중장비를 걸친 군대가 출격하는 광경이 보였다.

축하 파티 자리에서 클로디어스와 거트루드는 환하게 웃은 뒤 자리에 모인 이들 앞에서 결혼을 선언했다.

전부 변하고 말았다. 어린 스칼렛에게는 맞설 힘이 없었다. 입고 있는 상복만이 그녀 나름의 항의였다.

햄릿이 죽고 두 달도 채 흐르지 않았다.

묵묵히 수행을 이어온 왕녀는 열다섯 살이 됐다.

병사를 본뜬 조각상에 눈에 보이지 않는 속도로 주먹을 날렸다. 예전보다 훨씬 강렬했다. 거친 숨을 가다듬으며 격투기 실력이 뛰어난 지도자의 조언을 들은 후, 젖은 땀이 마르기도 전에 바로 시도해 봤다.

어느 날, 스칼렛은 성 안뜰에 울려 퍼지는 거친 목소리를 듣고 걸음을 멈췄다.

"빨리 가라."

"어물쩍대지 마."

그 고함소리가 신경 쓰인 나머지 복도에서 창문을 통해 안뜰을 내려다봤다.

더러운 옷을 입은 남녀 두 명이 병사 대여섯 명이 내지르는 창자루에 찔리면서 연행되고 있었다. 두 사람의 얼굴에는 피로와 절망이 어려 있었으며 걸음걸이 또한 불안정했다. 그래도 몇 번이나 뒤편을 신경 쓰듯 돌아보고 있었다. 그때마다 병사들은 "앞을 봐라." 하고 외치면서 창자루로 더 세게 찔렀다.

스칼렛의 가슴속에서 의문이 샘솟았다. 병사들에게 저런 짓을 당하는 저 두 사람은 대체 무슨 짓을 한 것일까. 새로운 왕이 된 클로디어스가 전쟁 준비를 진행하는 영향으로 나라 안의 경기가 나빠졌고, 가난한 이들이 마을에 넘쳐난다는 소문은 들었다. 그것과 관련이 있는 것일까.

시녀가 왕녀에게 다가가서 귓속말로 속삭였다.

"클로디어스 폐하는 반대파를 진압한다면서, 아무 상관 없는 가난한 이들을 고문하고 계세요."

스칼렛의 마음이 무거워졌다. 눈앞의 남녀는 반역자로 보이지 않았다. 공포 정치의 수단 삼아 본보기가 된 것일까. 자신들의 정당성을 주장하기 위한 희생양인가.

바로 그때, 연행되고 있는 두 사람을 쫓아가는 넝마를 걸친 어린 소녀가 눈에 들어왔다. 한 손에 인형을 쥔 채 조그마한 발로 뛰고 있었다.

남녀가 몇 번이나 뒤를 돌아본 것은 저 소녀 때문이었다. 두 사람은 이 소녀의 부모인 것이다. 하지만 병사들은 무정하게도 두 사람을 끌고 가 버렸다.

조그마한 손은 허공을 붙잡을 뿐 부모에게 닿지 않았다. 소녀는 무너지듯 주저앉더니 지면에 쓰러졌다.

스칼렛은 가슴이 옥죄어들었다. 그녀의 과거가 저 소녀의 모습과 포개졌다. 아버지를 잃은 자신 또한, 남겨진 저 소녀와 마찬가지다. 그렇게 생각한 순간, 그녀의 눈에서 눈물이 넘쳐흘렀다.

소녀는 멍한 표정으로 몸을 일으키더니 멀어져 가는 부모의 등을 계속 쳐다봤다. 이러지도 저러지도 못했다. 저 죄 없는 불쌍한 부모들은 이제부터 잔혹한 일을 겪을 것이다. 두 번 다시 못 만날지도 모른다. 소녀는 아무것도 못 하고 그저 멍하니 서 있을 수밖에 없었다.

"……!"

클로디어스의 냉혹한 얼굴이 뇌리를 스치자 스칼렛은 격렬한 분노가 샘솟았다. 용서 못 한다. 절대로 용서 못 한다. 멎을 줄 모르는 눈물이 볼을 타고 흘러내렸고, 해소할 길 없는 분노 탓에 덜덜 떨리는 주먹으로 힘껏 벽을 쳤다.

열일곱 살이 된 스칼렛은 연상의 시녀들 못지않을 만큼 키가 컸다.

그녀가 단검을 손에 쥐고 한 걸음 앞으로 나아가자 공기가 긴장됐다. 대치하고 있는 훈련 상대는 그 기백에 한순간 압도당했다. 신호에 맞춰 그녀는 순식간에 간격을 좁혔다. 금속이 맞닿는 날카로운 소리가 울려 퍼졌다. 지켜보는 시녀들이 숨을 삼키는 소리가 들려왔다. 공격에 망설임이 없었다. 단검을 자유자재로 바꿔 쥐면서 눈에 보이지 않는 속도로 상대를 제압했다. 지도 담당들은 무심코 탄성을 토했다. 이만한 재능과 정열을 지닌 자는 흔치 않았다. 다들 왕녀의 뛰어난 기량을 인정했다.

그녀에게서는 예전 같은 미숙함을 전혀 찾아볼 수 없었다. 그 대신 냉철한 결의와 날카롭게 벼려진 기술을 갖췄다. 강렬한 증오를 대가 삼아 얻은, 검의 힘이었다.

열아홉 살, 스칼렛은 독일의 비텐베르크로 유학을 떠났다.

당시의 여성은 대학에 들어가는 것이 불가능하다고 여겨졌다. 대학은 주로 성직자의 양성기관이고 여성은 그 대상이 아니었다. 원래 왕위 계승자와 왕족은 교육기관에 다니지 않고 가정교사에게 배우는 것이 일반적이며 대학 교사를 성에 초빙해서 개인 수

업을 받는 게 관례였다.

그래서 스칼렛의 유학은 그야말로 이례적이라 할 수 있었다. 비텐베르크 대학은 종교 개혁의 영향을 강하게 받아서, 종교 교육만이 아니라 폭넓은 학문 분야를 가르쳤다. 그녀는 대학 소속의 신학, 천문학, 인문학, 법학, 철학 등의 연구자들에게 개인적인 가르침을 받았다. 대학부지 안에 여성은 들어갈 수 없어서 일부러 일반학생과 마찬가지로 검소한 숙소를 골라, 그 숙소에서 가르침을 받았다.

창밖에 눈이 쌓이는 조용한 겨울의 어느 날.

스칼렛은 추운 숙소 안에서 조용히 글을 쓰고 있었다. 문틈으로 한 통의 편지가 들어왔다. 펜을 내려놓고 자리에서 일어나 편지를 손에 쥐었다. 엘시노어 성의 시종에게서 온 보고였다.

『곡물 위기로 수많은 백성이 기근에 시달리고 있습니다. 그런데도 클로디어스 왕은 아무것도 하지 않습니다. 게다가……』

그녀의 얼굴에서 핏기가 사라졌다.

"……!"

도저히 가만히 있을 수 없었던 그녀는 망토를 움켜쥐고 방을 뛰쳐나갔다.

이때는 「소빙하기」라 불리던 14세기부터 이어진 지구 한랭화

시기다.

게다가 1600년에는 페루의 와이나푸티나 화산이 폭발하면서 대량의 이산화유황이 대기 중에 방출됐다. 그 영향으로 태양광이 차단되었고 세계 전체의 기온이 현저히 낮아졌다.

다음 해부터 유럽 각지에서 냉해(冷害)와 서리 피해가 빈발하게 된다. 농작물의 생육기가 단축되면서 수확량이 눈에 띄게 감소했다. 보리, 호밀 수확에 실패하며 와인 생산은 괴멸적이었다. 곡물 부족에 따라 식료품의 가격이 급등해서 사회적 불안을 증대시켰으며, 일부 지역에서는 폭동과 반란이 발생했다.

덴마크도 한랭화로부터는 벗어나지 못했고 농업이 심각한 타격을 받았다. 그뿐만 아니라, 주변 해역과 호수 및 늪이 일부 동결되면서 해운 산업도 막대한 영향을 받았다.

사람들의 생활이 위기에 처해 있다. 한시라도 빨리 대책을 세울 필요가 있다.

엘시노어 성의 홀은 그야말로 다른 세계였다.

대리석 바닥, 황금 장식, 벽에 걸린 호화로운 태피스트리. 초의 불꽃이 흔들리는 긴 테이블 위에는 산더미처럼 고기 요리와 과일이 놓여 있었다. 몇 개나 되는 와인 통에서 감미로운 향기가 흘러나왔고 악사들의 활기찬 노래에 맞춰 이 자리에 모인 왕후 귀족의 웃음소리가 울려 퍼졌다.

그 중심에서 클로디어스 왕이 환하게 웃고 있었다.

그런 와중에 파티장이 술렁거렸다. 사람들의 시선이 일제히 입구를 향했다.

스칼렛 왕녀가 등장한 것이다.

눈부신 드레스는 패랭이꽃, 데이지꽃, 백합, 은방울꽃, 장미 등 무수한 흰색 꽃으로 꾸며져 있었고 그 아름다움은 마치 꿈만 같았다. 연분홍색 머리카락은 우아하게 땋았으며 귀에는 왕가에서 전해져 내려오는 루비 귀걸이를 하고 있었다. 그녀를 시중드는 네 명의 여성이 무릎을 굽히며 왕에게 예를 표했지만, 스칼렛은 그러지 않고 의연한 발걸음으로 현재 이 나라의 왕 앞으로 나아갔다.

클로디어스는 술잔을 들더니 빈정거리는 듯한 미소를 머금었다.

"왕녀여. 비텐베르크에서의 유학 생활은 관두고, 그 아름다움으로 사람들을 즐겁게 해주는 건 어떻겠느냐?"

명백한 조소와 위압이었다. 하지만 스칼렛은 아무 대답도 안 하고 클로디어스를 주시했다. 눈동자 깊은 곳에는 왕국이 위기에 처했는데도 전혀 손을 쓰지 않는 왕을 향한 강렬한 항의가 담겨 있었다.

그것을 눈치챈 클로디어스는 코웃음을 치며 여유로운 미소를 지었다. 하지만 갑자기 그녀의 머리카락을 거칠게 틀어쥐고 자기 얼굴 앞으로 끌어당겼다.

"......!"

그 갑작스러운 일에 손님들은 숨을 삼켰다. 악사들도 연주를 멈췄다.

클로디어스는 눈을 가늘게 뜨더니 위협하듯 왕녀의 얼굴을 노려봤다.

하지만 스칼렛은 굴하기는커녕 강렬한 눈빛으로 왕을 마주 노려보았다.

홀에 정적이 감도는 가운데 불꽃이 타 들어가는 소리만이 들려왔다. 손님들은 다음에 무슨 일이 일어날지 몰라서 당혹감과 두려움에 찬 표정으로 상황을 살폈다.

"......흥."

클로디어스는 코웃음을 치더니 왕녀를 밀쳐내고 다른 곳으로 향했다. 왕녀는 한 걸음도 물러서지 않은 채 당당히 서 있었다.

파티는 아무 일도 없었다는 듯이 계속됐다.

류트와 비올의 음색에 맞춰 손님들이 춤을 췄다.

클로디어스는 측근들과 담소를 나누며 술을 마시더니 곧 기분이 좋아졌다. 그의 호탕한 웃음소리가 홀에 울려 퍼졌다.

스칼렛은 기둥 뒤편에서 그 모습을 바라보고 있었다. 검은색 모자를 쓴 시종이 잔을 내밀었다. 받기는 했지만 마실 여유는 없었다. 곧 시녀 중 한 사람이 조용히 다가오더니 신호를 보냈다. 준비를 마쳤습니다, 지금이 기회입니다, 라는 의미의 신호다.

왕녀는 눈짓으로 신호에 답했다. 그러자 시녀는 재빨리 움직여서 잔에 새로운 술을 따르는 척하며 준비한 흰색 분말을 몰래 넣었다.

기분이 좋아진 클로디어스는 시녀가 내민 술잔을 딱히 살피지도 않고 거머쥐더니 단숨에 들이켜는 것처럼 보였다.

왕녀는 술잔 가장자리에 입을 댄 채, 그 광경을 지그시 응시했다. 변화가 일어나기만 하염없이 기다렸다.

곧 클로디어스는 크게 하품하는가 싶더니 졸리는지 눈을 비볐다. 몸이 서서히 이완되는 게 보였다.

계획대로다.

드디어 때가 되었다고 스칼렛은 생각했다. 긴장 탓에 몸이 떨렸다. 진정하기 위해 들고 있던 잔을 단숨에 비웠다.

파티도 끝에 다가섰고 사람들이 하나둘 돌아갔다.

빈 의자가 줄지어 놓여 있는 홀의 중심에 홀로 남겨진 클로디어스는 의자에 앉은 채 졸고 있는 것처럼 보였다. 코 고는 소리가 희미하게 들려왔다.

스칼렛은 소리를 내지 않고 신중하게 다가가며 드레스 주름에 숨겨둔 단도를 꺼냈다. 은색으로 빛나는 칼날에 결의가 비쳤다. 아버지의 원수를 갚기로 맹세한 후부터 이 몇 년 동안, 그 어떤 고통도 참고 단련에 힘써왔다. 드디어 목적을 달성할 순간이 찾아온 것이다. 아니, 자신만을 위해서가 아니다. 이 나라를 위해, 굶주리고 괴로워하는 백성을 위해, 그들의 생활을 지키기 위해, 이 살인은 정당하다고 스스로에게 되뇌었다.

하지만—.

"……?!"

갑자기 그녀의 몸에 이변이 발생했다. 시야가 흔들리더니 발이 후들거렸다. 격렬한 구역질이 치밀어 올랐고 견디다 못해 무릎을 꿇었다. 손발이 저리면서 식은땀이 이마에서 방울져 떨어졌다.

"……?!"

자기가 토한 토사물에 범벅이 되면서 흐릿한 눈으로 아까 입을 댔던 잔을 쳐다봤다. 독이다. 어째서……?

바로 그때, 쓰러진 그녀에게 그림자가 드리워졌다. 고개를 들어 보니 냉혹한 미소를 머금은 클로디어스가 내려다보고 있었다. 뒤편에는 검은색 모자를 쓴 시종이 있었다. 아까 그녀에게 잔을 건넸던 시종이다.

"자기한테는 독을 탈 리 없다고 생각하다니, 머릿속이 갓난아기나 다름없구나."

클로디어스는 완전히 정신을 차렸고 술에 취한 기색 또한 없었다.

뒤편에 있는 거트루드는 "불쌍한 아이구나, 너한테 왕위는 어울리지 않아."라고 말하며 비웃음을 흘렸다.

스칼렛은 분한 나머지 눈물을 줄줄 흘리면서 분노와 굴욕에 몸을 떨었다.

"용서 못 해……."

온몸이 경험해 본 적 없는 고통에 휩싸였다. 그래도 이를 악물고 클로디어스를 쳐다봤다.

"절대로…… 용서 못 해."

클로디어스는 그 말을 비웃으며 뒤돌아선 다음 홀에서 나갔다.

허둥지둥 달려온 시녀들의 목소리가 들려왔다.

"……왕녀님? 왕녀님……?"

시야가 뿌옇게 변하더니 깊은 우물 안에 빠져드는 것처럼 의식이 멀어졌다.

"왕녀님?! ……왕녀님……?!"

시녀들의 목소리가 너무나도 멀게 느껴졌다.

그것을 끝으로 스칼렛은 의식을 잃었다.

죽은 자들의 나라

─그렇다. 나는 죽었다─.

어둠이 마음속을 조용히 삼켰다.

스칼렛의 새하얀 얼굴이 경악으로 물들고 현실을 받아들이지 못한 눈동자가 치켜떠졌다. 순백의 드레스를 입은 채 천천히 낙하했다.

─증오하는 원수에게 복수하려다 실패하고, 죽었다─.

삶의 영역에서 발을 헛디뎌 천천히 심연으로 빠져들어 갔다.

피와 진흙 위에 착지했다.

하지만 진흙인 줄 알았던 그것은 수많은 시대 전사들의 무수한 시체였다. 고대 로마의 군단병, 유목민의 기마병, 중세 기사, 중동의 전사……. 검붉은 액체 위에서 차례차례 떠오르고 있었다. 그들의 얼굴에는 공포와 고통의 표정이 새겨져 있으며, 이 땅이 모든 싸움의 종착점이라는 것을 여실히 이야기해 주고 있었다.

스칼렛의 순백색 드레스가 거무튀튀한 피에 물들었다. 머리카락은 진흙으로 더러워졌고 얼굴에도 피가 튀었다. 공포 탓에 새파랗게 질린 입술로 거친 숨을 연거푸 내쉬었다. 떨리는 손으로 몸을 지탱하고 비틀거리면서 몸을 일으키려 했다.

바로 그때, 갑자기 전사의 시체가 움직이면서 스칼렛의 머리카락을 움켜쥐었다.

"……?!"

썩어들어가는 손이 차례차례 뻗어오더니 그녀의 드레스를 움켜쥐었다. 경악할 틈도 없이 시체의 산속으로 끌려들어갔다. 필사적으로 저항했지만 수많은 손에 잡힌 탓에 몸을 움직일 수 없었던 그녀는 그대로 피와 진흙에 파묻혔다.

"하아…… 하아……."

거친 숨을 내쉬는 가운데, 스칼렛의 눈동자에서 눈물이 흘러나왔다. 공포가 아니라 울분에 찬 눈물이었다. 떨리는 입술을 피가 날 정도로 깨물었다. 왜 이렇게 된 것일까?

살아있는 자의 발소리가 들리지 않는 그 고독 속에서, 문득 중얼거렸다.

"여기가 사후 세계라면, 아버지와 다시 만날 수 있을까……."

그런 생각마저 들었다.

바로 그때, 그 말에 답하듯이 낮은 목소리가 들려왔다.

"못 만나."

그녀는 깜짝 놀라며 그 목소리의 주인을 찾았다.

한참 떨어진 곳에서 너무나도 왜소하고 피부가 시꺼먼 노파가 허공에 떠 올랐다. 주름투성이인 얼굴과 검은 망토를 걸친 그녀는 마녀나 악마, 혹은 이계의 존재인 것일까. 시체의 산 위를 가벼운 발걸음으로 껑충껑충 뛰면서 다가오고 있었다.

"……당신은, 누구야?"

노파는 그 질문에 답하지 않았다.

"네 아비는 이미 허무가 됐지."

"허무?"

무심코 그렇게 중얼거렸다. 그 말이 지닌 무거운 의미 탓에 가슴이 짓눌리는 것만 같았다.

"힘이 없으면, 너도 사라질 수밖에 없을 게야."

그 말을 들으니 무거운 절망이 밀려왔다.

"……내 인생에는 원통함 뿐이야. 지금 바로 사라지고 싶어."

눈에 저절로 눈물이 맺히더니 커다란 방울이 되어서 줄줄 흘러내렸다.

"정말 무의미한 생애였어. 아버지를 죽인 원수, 클로디어스에게 복수도 못 한 채⋯⋯."

노파는 시체 위에 착지하더니 뒤돌아봤다.

"잠깐만. 그 남자라면 아직 여기 있어."

"뭐⋯⋯?"

"아직 허무가 안 된 채, 어딘가에서 웃고 있지."

노파는 천천히 돌아보면서 부추기듯 웃음을 흘렸다.

그녀는 눈을 치켜떴다. 가슴에 희망이 빛이 어렸다. 클로디어스에게 복수할 수 있다. 그렇게 생각하자 다시 힘이 샘솟았다. 몸 깊은 곳에서 솟구친 강한 의지가 그녀를 일으켜 세웠다.

"⋯⋯ㅇㅇㅇ."

온 힘을 쥐어짰다. 그녀를 보내주지 않겠다는 듯이 무수한 시체가 그녀의 발치에 얽혀 들었지만, 그것들을 전부 걷어차서 뿌리쳤다.

"⋯⋯ㅇㅇㅇㅇㅇ."

그녀는 포효를 지르더니 엄청난 기세로 피바다에서 몸을 일으켰다.

"⋯⋯아아아아아아아아아."

그 고함은 천지를 뒤흔들었고 검은 하늘을 꿰뚫을 듯이 퍼져 나갔다. 살아갈 힘으로 가득 찬 목소리는 모든 절망을 깨부수는 것만 같았다.

노파는 만족한 것처럼 히죽 웃었다.

두꺼운 구름에 뒤덮인 하늘에서 한 줄기 빛이 쏟아져 내렸다.

그 빛은 마치 복수를 맹세한 스칼렛을 축복하듯, 그녀를 선명히 비쳤다.

*

황량한 대지에 강렬한 바람이 불자 모래 먼지가 흩날렸다.

스칼렛은 결연한 걸음걸이로 나아갔다. 새하얀 드레스는 피와 진흙에 의해 더러워졌고 곳곳이 찢어져 있었다. 하지만 시련을 극복한 그녀는 입술을 꼭 다물고 있었으며 눈동자에는 강철 같은 의지가 새겨져 있었다.

지면 속을 살펴보니 다양한 시대의 무기들이 마치 역사 저편에서 모은 것처럼 아무렇게나 묻혀 있었다. 메소포타미아의 청동검은 푸르게 빛났고, 로마의 장검은 날카로운 칼날이 드러나 있었으며, 오스만제국의 단검은 아름답게 장식되어 있었다. 스칼렛은 손에 쥔 나무 막대로 몇 번이나 지면을 파서 무기를 차례차례 파냈다.

그것들을 하나하나 살펴보다가 쓸만한 것을 찾았다. 그 안에서 발견한 녹슨 단검을 손에 쥐더니 숫돌로 날을 갈았다. 단검이 빛을 되찾을 때까지 쉬지 않고 계속 갈았다.

다음으로 칼날의 폭이 좁은 장검을 발견했다. 오래된 피와 녹을 제거하자 아름다운 은색 칼날이 모습을 드러냈다. 자루 부분을 떼어내고 칼날을 정성 들여 숫돌로 간 후에 다시 조립한 뒤 자루 부분을 고정하는 못을 박았다.

지면에 굴러다니는 무수한 갑옷과 방어구를 몇 개나 들어보며 무게와 질감을 확인했다. 무겁고 둔중한 갑옷이 아니라 가볍고 움직이기 편한 방어구를 골랐다. 더러워진 흰색 드레스를 벗어던지고 알몸이 되자 차가운 바람이 그녀의 피부를 매만졌다. 손질한 방어구를 하나하나 걸쳐봤다. 마지막으로 흐트러진 긴 머리카락을 모은 후에 땋았다.

석양이 지평선을 붉게 물들일 즈음, 스칼렛은 결의를 새롭게 다졌다.

"반드시…… 반드시 찾아내서, 원수를 갚겠어."

스칼렛은 망토를 펄럭이며 당당한 발걸음으로 한밤중의 황야를 나아갔다. 상복을 연상케 하는 검은 방어구는 복수의 맹세를 잊지 않기 위한 증표였다.

죽은 자들의 나라에 밤이 찾아왔다.

스칼렛은 어둠 속에 녹아들듯 조용히 움직였고 손에 쥔 새로 간 단검이 차가운 빛을 뿜고 있었다.

그 칼날을, 발견한 병사들에게 주저 없이 들이댔다.

"엘시노어 성 수비대의 휘장이지?"

"히익."

그 갑작스러운 일에 병사들은 얼어붙더니 공포로 인해 눈을 치켜떴다.

"클로디어스 왕은 어디 있지?"

"그, 그만해. 살려줘."

젊은 병사가 덜덜 떨면서 애원했다.

그녀는 인정사정없이 더욱 혹독하게 추궁했다.

"어디 있지?"

"죽고 싶지 않아."

나이 많은 병사가 비통한 목소리로 그렇게 외쳤다.

그 목소리를 들은 건지, 먼 곳에서 바람을 타고 노파가 쉰 목소리로 토하는 비웃음이 들려왔다.

"히히히. 인간은 참 어리석구나. 이미 죽었으면서도, 죽고 싶지 않다고 애원하니 말이야."

노파는 언덕 위에서 구경하듯 내려다보고 있었다.

갑자기 엘시노어 수비대의 대장이 스칼렛 앞에 무릎을 꿇었다.

"제발, 제발 기다려 주십시오."

"뭐?"

수염이 난 얼굴과 탁한 목소리를 접한 그녀는 무심코 검을 멈췄다.

말없이 한쪽 무릎을 꿇은 보병들 앞에서 대장은 충성을 맹세하듯 가슴을 폈다.

"저희는 왕녀님의 편입니다."

"……뭐라고?"

"안내하겠습니다. 부디 안심하시길."

대장은 성실한 인상의 미소를 머금었다.

그녀는 반신반의하면서도 신중하게 검을 검집에 넣었다.

밤의 어둠에 휩싸인 바위 밭 사이로 난 좁은 길을 병사들에게 호위를 받으며 나아갔다. 그녀는 경계심을 풀지 않았다. 하지만 병사들의 창날에는 전부 가죽 주머니가 씌워져 있었다.

이윽고 일행은 사방이 막힌 장소에 도착했다. 높은 바위벽이 주위를 둘러싸고 있는 것이 마치 숨겨진 요새 같았다.

"클로디어스가 진짜로 여기에……?"

주위를 둘러봤다. 하지만 어두운 바위 밭에는 사람이 없었다. 대장은 그 질문에 답하는 대신 조용히 스칼렛의 등 뒤로 이동했고, 갑자기 왕녀의 등을 걷어찼다.

"큭."

허를 찔린 그녀는 앞으로 쓰러졌다.

"내 편이라고 했으면서……."

뒤를 돌아보니 대장이 차가운 웃음을 흘리며 창을 들고 있었다.

"진흙투성이의 왕녀 따위를 누가 모시겠냐고."

그리고 창 자루의 끝으로 그녀의 가슴을 찔렀다.

"윽."

너무나도 아팠기에 지면을 구르며 버둥거렸다.

"잡아라."

대장이 명령을 내리자 병사들은 일제히 왕녀를 포위했다.

"으으윽."

수많은 창에 제압당한 그녀는 고통에 찬 신음을 흘렸다. 필사적으로 저항하려 했지만 움직임을 봉쇄당한 탓에 도망칠 곳이 없었다. 창날에 가죽 주머니를 씌운 것은 그녀를 생포하기 위해서였다.

대장은 치밀어오르는 웃음을 곱씹으면서 말했다.

"후후후. 이것으로 나도 끝없는 땅에……."

노파는 그 모든 일을 바위 위에서 차가운 눈길로 내려다봤다.

"죽고 나서도 서로를 증오하고, 서로를 속이며, 서로를 죽이는 것을 꺼리지 않는 게냐."

새끼손가락으로 콧구멍을 후비면서 괴로워하는 스칼렛을 쳐다봤다.

"게다가 이 여자는 복수심에 휩싸여 있지. 후우. 약자는 어쩔 수가 없구먼."

그렇게 한숨을 내쉬더니 새끼손가락에 붙은 코딱지를 엄지로 튕겼다. 그것은 마침 병사들 사이에 떨어졌다. 그 순간, 갑자기 격렬한 폭발이 일어났다.

"우와앗."

병사들이 그대로 날아갔다. 새하얀 연기가 피어올랐고 그들은 경악과 공포에 휩싸여 혼란에 빠졌다.

"뭐, 뭐야?!"

대장은 두려움에 사로잡혀 도망치는 병사들과 달리, 새하얀 연기 속으로 뛰어들어 왕녀를 찾았다. 하지만 이미 그녀는 보이지 않았다.

"없어? 도망친 건가."

대장의 목소리가 황야에 울려 퍼졌다.

"찾아라!"

연막 속에서 스칼렛은 혼란을 틈타 도망쳤다.

"하아…… 하아…… 하아…… 하아."

머리카락이 흐트러진 그녀는 거친 숨을 내쉬면서 필사적인 표정으로 온 힘을 다해 내달렸다. 때때로 비틀거리면서도 진흙과 땀에 범벅이 된 채 하염없이 내달렸다.

바람을 타고 노파의 새된 웃음소리가 들려왔다.

"이 생생한 생명력으로 가득 찬 모습을 봐라. 이래서는 현세와 다를 바가 없구나. 인간이란 무엇인가? 죽음이란? 삶이란? 후하하하!"

얼마나 달렸을까.

지칠 대로 지친 표정인 스칼렛은 망토와 짐을 내려놨다. 숨을 고르며 뒤돌아본 그녀는 추격자가 없다는 것을 확인한 후 목의 단추를 풀고 방어구 안의 피부를 확인했다. 새하얀 가슴에는 아까 대장이 휘두른 창 자루에 맞고 생긴 새빨간 **멍**이 존재했다.

"아파……."

무심코 얼굴을 찡그렸다.

"이제 싫어……."

지칠 대로 지친 눈에, 눈물이 어렸다. 그녀는 혼자였다. 이 마음을 나눌 상대도 없었다.

히지리

그 바위 밭에는 조그마한 돌을 쌓아 만든 돌탑이 무수히 존재
했다.

　무릎 정도 높이의 탑 같은 그것은 사람이 만든 것이었다. 누군
가가 무슨 목적으로 돌을 쌓은 건지 스칼렛은 짐작조차 되지 않
았다. 길잡이일까. 어린애가 놀이 삼아 만든 것일까. 혹은 종교적
인 의미를 지닌 것일까.

　바로 그때, 인기척이 느껴졌다. 그녀는 화들짝 놀라며 몸을 숨
겼다.

　들려온 것은 느긋한, 소박한 느낌의 콧노래였다.

사랑에 관해 가르쳐줘

누구나 알고 있는 기적

이 가슴을 가득 채워줘

스칼렛은 이 기묘한 가사의 콧노래를 부르는 이를 몰래 살펴봤다.

돌탑 사이를 걷고 있는 청년이 있었다. 나이는 그녀보다 많아 보였다. 짧은 까까머리에 늠름한 눈썹, 우람한 가슴팍, 탄탄한 체구. 감색의 원외(院外) 의료용 제복과 안전화 차림이었는데 노란색 의료용 가방을 어깨에 걸치고 있었다. 미아가 된 어린애처럼 돌탑 천지인 이 바위 밭을 신기하다는 듯이 둘러보고 있었다.

"……?"

스칼렛은 약간 경계심을 품으면서 천천히 모습을 드러냈다.

청년이 그것을 눈치채고 돌아보았다.

"……아."

그녀를 본 청년은 곧장 다가왔다.

스칼렛은 놀라면서 뒷걸음쳤지만, 청년은 그녀의 손을 잡더니 조건반사적으로 상처와 멍을 살폈다.

"괜찮으세요? 상처투성이군요."

"안 돼……."

그녀는 당황해서 그의 손을 뿌리쳤다.

"만지지 마."

"왜 그러시죠?"

청년은 이유를 물었다.

그녀는 그 질문에 답하지 않고 그의 머리부터 발끝까지 살폈다. 그의 가슴에 달린 명찰에는 Hijiri(히지리)라고 적혀 있었다.

"······승려인가?"

"저는 간호사입니다."

그 청년, 히지리는 가슴에 손을 대더니 간결히 답했다.

간호사. 그녀가 처음 듣는 단어였다.

"승려라면 절에나 가."

대화가 맞물리지 않는다는 것을 눈치챈 히지리는 쓴웃음을 머금고 설명했다.

"그러니까 간호사예요. ······몰라? 병에 걸리거나 다친 사람이 죽지 않도록 간호하는—."

그녀는 의아해했다.

"자기가 죽었는데도 말이야?"

"나? 안 죽었어."

"그렇게 믿고 싶을 뿐이잖아."

"그야 언젠가는 죽겠지만 말이지."

쓴웃음을 머금으며 고개를 저은 히지리는 어깨를 으쓱하더니 손가락을 댄 손목을 내밀었다.

"자, 맥도 뛰잖아."

"이곳에 있는 건 죽은 사람뿐이야."

그녀는 그렇게 단언하면서 주위를 둘러보란 듯이 시선을 돌렸다.

"여기가 어디인데?"

히지리도 주위를 둘러봤다.

발치에는 다양한 시대와 지역의 청동, 철, 강철로 된 검과 화살, 갑주, 총이 묻혀 있었다. 그중 하나인 화살을 주워들었다. 위협 혹은 연락용으로 쓰이는 우는살 화살이었다. 고대의 화살에 바람을 불자 휘오~ 하고 소리가 났다.

"……여기는 오래된 전쟁터야?"

주위를 둘러보니 자연적으로 만들어진 아치 형태의 바위가 눈에 들어왔다. 거기에 이탈리아 어로 새겨진 낙서를 발견했다.

『Lasciate ogne speranza, voi ch'intrate (cancello dell'inferno) / 이 문을 지나가는 자는 모든 희망을 버려라 (지옥의 문)』

"지옥? 지옥이라고? 웃기네."

히지리는 무심코 쓴웃음을 머금었다.

그런 그를, 스칼렛은 날카로운 눈길로 노려봤다.

"자기가 천국에 못 간 게 불만이야? 자신만만하네. 다들 죽으면 천국에 가는 사람과 지옥에 가는 사람으로 나뉜다고 생각하지. 하지만 실은 달라. 다들 여기로 보내져. 여기는 우리가 생각하는 사후 세계와 꽤 다르지."

그는 난처한 표정을 짓고 스칼렛의 말을 끊듯 입을 열었다.

"아니, 그런 게 아니야. 나는 진짜로 안 죽었거든."

그 후 문득 생각난 것처럼 머나먼 곳을 쳐다봤다.

구급차의 경고등이 빛나고 있었다.

"방금 응급 구조 요청을 받고……. 구급차로 병원을 출발……."

남성이 승용차에 치였다는 연락을 받았다.

히지리는 의료용 가방을 어깨에 짊어진 후, 의사 및 응급구조사와 함께 커다란 도시의 혼잡한 인파 속을 걷고 있었다. 초등학생용 가방을 메고 하교하는 아이들과 엇갈렸다. 아이들의 조그마한 미소에 그 또한 돌아보며 미소로 화답했다.

틀림없다. 아까까지 거기 있었다. 그런데…….

히지리는 당황한 표정을 짓더니 이해가 안 된다는 듯이 주위를 둘러봤다.

"이상해. 이건 꿈일까? 살아있는데, 왜 죽은 자들의 세계에 온 거지? 분명 뭔가 잘못됐어. 왜 여기에 온 건데? 하필이면 간호사인 내가 말이야. 대체 왜?"

"그걸 내가 어떻게 알아."

스칼렛은 퉁명한 어조로 대꾸했다.

히지리는 눈앞에 있는 그녀를 응시하다가 문득 떠올렸다.

"그러면 너도, 죽은 거야?"

"그래."

"진짜로 죽었어?"

"그래."

그녀는 확신에 찬 어조로 답했다.

"그렇게 보이지 않는데. 다치긴 했지만."

그는 상냥한 눈길로 그녀를 응시했다.

하지만 그녀는 여전히 날카로운 표정을 짓고 있었다.

"……."

히지리는 결의를 굳히듯 한숨을 내쉬었다.

"아무튼 나는 돌아가겠어. 원래 있던 장소로. 근무 중이거든."

우는살 화살을 손에 쥔 채 바위 밭을 몇 걸음 나아갔다. 하지만 그는 곧 멈춰 섰다. 어디로 가면 좋을지 모르는 것이다.

"어느 쪽으로 가야 하지?"

히지리는 두 손을 펼치고 난감한 표정으로 그녀에게 물었다.

"하아……."

그녀는 허리에 대고 있던 손을 내린 후 한숨을 내쉬었다.

바로 그때, 아무런 전조도 없이 돌탑 하나가 무너졌다.

"……?!"

그녀는 순식간에 몸을 긴장시키고 재빨리 주위를 경계했다.

히지리가 곁으로 돌아오더니 느긋한 어조로 물었다.

"누가 있는 거야?"

"닥쳐."

그녀는 숨을 죽인 채 소리 나지 않게 짐을 내린 후 자세를 낮추면서 검을 왼손에 쥐었다. 그리고 천천히 주위를 둘러보며 주위를 살폈다. 황량한 바위 밭에 긴장감이 흘렀다.

갑자기―.

"이야아압."

침묵을 짖는 고함이 들려왔고 검을 쥔 병사 세 명이 돌탑을 걸어차며 튀어나왔다.

스칼렛은 냉정함을 유지한 채 몸을 낮추고 그대로 상대에게 쇄도했다.

첫 번째 병사가 휘두른 검을 가볍게 피한 후 허리를 회전시켜서 뽑지 않은 검의 검집을 상대의 복부에 꽂았다. 두 번째 병사의 공격은 첫 번째 병사를 방패 삼아 피한 뒤 날카로운 발차기를 날렸다.

세 번째 병사의 장검이 허공을 갈랐다. 그녀는 발을 걸어서 다른 두 명을 쓰러뜨리고 세 번째 병사의 무릎 뒤편을 검집으로 가격했다. 비틀거리는 그 병사를 방패로 삼자 다른 두 사람은 한순간 공격을 머뭇거렸다. 그녀는 그 빈틈을 놓치지 않고 세 번째 병사를 두 번째 병사 쪽으로 밀친 다음, 그와 동시에 날린 상단 발차기를 첫 번째 병사의 코에 꽂았다.

그 직후, 두 번째 병사가 그녀를 뒤편에서 잡았다. 세 번째 병사는 단검을 뽑아 들었다. 하지만 그녀는 두 발을 들어 올려서 세 번째 병사의 목을 휘감더니, 몸을 비틀어 두 사람 다 지면에 쓰러뜨렸다. 첫 번째 병사가 휘두른 단검을 그녀가 간발의 차이로 피한 탓에, 그 칼날은 두 번째 병사의 배에 꽂혔다. 그대로 그녀는 첫 번째 병사의 발을 걸었고, 이어서 날린 상단 날아 차기가 단검을 꺼내든 세 번째 병사의 턱뼈를 박살냈다.

단 몇 초 만에, 스칼렛은 세 명의 병사를 무력화했다.

"……대단해."

히지리는 압도당한 나머지 말문이 막히고 말았다.

싸움은 끝날 줄을 몰랐다.

활을 짊어진 보병 두 명이 장창을 들고 스칼렛의 앞에 나타났다. 그들은 호흡을 맞추면서 그녀와 같은 거리를 유지했다.

오른편의 병사가 도발하듯 창끝을 흔들다 하앗 하고 외치며 페인트를 걸듯 창을 내질렀다. 그녀는 반사적으로 등을 젖혀서 공격을 피했다.

"후하하하핫."

오른편의 병사는 창을 위아래로 흔들면서 괴성을 질렀다. 금방이라도 그녀를 쓰러뜨릴 수 있다는 듯 여유가 넘쳤다.

왼편의 병사도 마찬가지로 도발하면서 창을 내질렀다. 그녀는 또 반사적으로 몸을 젖혔다.

"우와하하핫."

왼편의 병사가 창끝으로 8자를 그리면서 기뻐했다. 언제든지 그녀를 쓰러뜨릴 수 있다고 생각하며 방심한 눈치였다.

그녀는 궁지에 몰린 건지 거친 숨을 내쉬었다. 자신의 단검을 당혹스러운 눈길로 응시하고 나서 그들의 장창을 당해낼 수 없다는 제스처를 취했다.

그 광경을 본 두 사람은 마치 어린애 같은 들뜬 목소리를 냈다.

"에헤에헤에헤에헤."

그리고 펄쩍펄쩍 뛰며 환희했다.

그녀는 한숨을 내쉰 다음, 포기한 것처럼 손을 내렸다. 하지만 그렇게 위장한 후 눈길조차 주지 않고 단검을 투척했다. 단검은 오른편에 있는 병사의 목에 정확하게 꽂혔다. 그는 짧은 비명을 지르면서 무릎을 꿇더니 그대로 쓰러졌다.

"아앗."

왼편에 있는 병사가 한순간 동요한 틈에 오른편 병사의 창을 주워 든 그녀는, 그대로 왼편의 병사를 향해 던졌다. 목을 꿰뚫린 그는 그대로 숨이 끊기면서 쓰러졌다.

"하아, 하아, 하아……."

그녀는 즉시 몸을 일으키고 거친 숨을 내쉬면서 적이 주위에 없는지 경계했다.

히지리는 쓰러진 오른편의 병사에게 다가가서 안아 일으켰다.

"어, 어이…… 어이……."

목에서 흘러나오는 피를 천으로 막아봤지만, 구하는 건 무리라고 판단한 히지리는 고개를 저었다.

바로 그때, 불가사의한 일이 벌어졌다.

눈앞에서 시체가 낙엽처럼 소용돌이치더니 그대로 안개가 되어 흩어졌다. 그러자 이 자리에는 병사의 투구와 방어구만이 껍데기처럼 남겨졌다.

"뭐…… 뭐야?"

믿기지 않는 현상이 눈앞에서 일어나자 히지리는 눈을 치켜떴다. 이게 대체 어떻게 된 것일까?

무거운 발소리가 들려와서 스칼렛은 날카로운 눈길로 돌아봤다.

두꺼운 가죽 갑옷을 걸친 기사가 다가왔다. 그 기사는 말없이 검을 뽑아 들고 성큼성큼 접근해서 검을 휘둘렀다.

"……?!"

그녀는 그 검을 피했다. 기사는 검을 뒤집으며 두 번째 공격을 날렸다. 그 날카로운 공격을, 그녀는 처음으로 검집에서 장검을 절반만 뽑아서 막아냈다. 강철과 강철이 부딪치면서 발생한 금속음이 바위 밭에 울려 퍼졌다.

강하다.

격돌하면서 상대의 실력을 파악한 그녀의 가슴속에 초조함이 맴돌았다. 실력은 명백하게 상대가 위였다. 대체 어떤 전사일까? 하지만 투구에 난 좁은 틈새로는 기사의 표정을 살필 수 없었다.

기사는 한 손 검에 더욱 힘을 실어 휘둘렀다. 그녀는 검집에서 검을 완전히 뽑아 들고 기사의 빈틈없는 공격을 겨우겨우 피한 후, 등 뒤로 이동해 일격을 날렸다. 하지만 두꺼운 갑옷에 막히고 말았다.

기사의 공격에는 중량감이 있었고 미세한 빈틈도 놓치지 않았다. 그래서 그녀는 방어에 치중할 수밖에 없었다. 팔에 전해지는 충격이 서서히 강해졌다.

"큭……."

게다가 발치의 돌탑을 실수로 밟으면서 균형을 잃고 말았다. 초조해하면서 어찌어찌 균형을 잡았지만 이어지는 기사의 날카로운 공격은 받아내는 것조차 벅찼다.

한순간의 방심 탓에 기사의 검 끝이 그녀의 왼쪽 볼을 스쳤다.

"윽……."

선혈 한줄기가 튀자 그녀는 손으로 얼굴을 감쌌다.

간격을 완전히 간파당했다. 그녀의 이마에 땀방울이 맺혔다. 아마 저 기사의 다음 공격은 빗나가지 않을 것이다.

기사는 기회를 잡았다는 듯 검을 치켜들며 육박했다.

그녀는 궁지에 몰리고 말았다.

하지만 그 순간, 이번에는 기사가 발치의 돌탑을 밟으면서 크게 균형을 잃었다. 몸통 아래의 가랑이 쪽에 갑옷 사이의 빈틈이 드러났다.

그녀의 날카로운 눈은 그 약점을 놓치지 않았다. 머리보다 몸이 먼저 반응했고 돌진해서 갑옷 틈새에 주저 없이 검을 찔러 넣었다.

기사는 격렬하게 경련했다. 갑옷 안은 피바다임이 틀림없다. 검을 뽑자 기사는 실 끊어진 인형처럼 바위 밭에 쓰러졌다.

"하아…… 하아…… 하아……."

세 번의 싸움이 끝났을 때, 그녀는 겨우겨우 서 있는 상태였다. 어깨를 크게 들썩이며 무거운 팔을 억지로 들어 올려서 검을 검집에 넣으려 했다.

하지만 주먹만 한 돌이 갑자기 날아와 스칼렛의 어깨에 명중했다.

"큭."

그 충격에 검을 놓치고 말았다.

그녀는 극심한 통증 탓에 얼굴을 찡그리고 돌이 날아온 방향을 쳐다봤다.

머리가 벗겨진 남자가 두 주먹을 말아 쥐면서 모습을 보였다.

철저하게 단련한 두꺼운 팔로 연이어 주먹을 날렸다.

그 묵직한 일격을 받아낼 때마다 그녀는 고통스러운 표정을 지으며 후퇴할 수밖에 없었다.

하지만 남자는 그녀의 발을 밟아서 도망치지 못하게 한 후 연

이어 타격을 날렸다. 그녀는 지면에 내동댕이쳐지는 것과 동시에 몸을 굴려서 거리를 벌리고 벌떡 일어나 외쳤다.

"코넬리우스!"

이름을 불린 기사단장 코넬리우스는 와하하 하고 웃음을 터뜨렸다.

그녀는 무기 없이는 이길 수 없다고 생각했다. 다행히 코넬리우스는 장검을 가지고 있지 않았고 상의 아래쪽에 단검을 장비하고 있을 뿐인 것 같았다. 장검을 되찾는다면 반격을 할 수 있다. 아까 놓친 검의 위치를 슬쩍 확인한 후 재빨리 코넬리우스를 향해 모래를 던졌다. 그가 옥, 하며 모래를 털어내는 사이, 떨어진 검을 향해 달려갔다. 하지만 그 도중에 옆구리를 걷어차이면서 바위벽까지 날아가고 말았다.

코넬리우스는 검 앞에 섰다. 그녀는 어쩔 수 없이 주먹을 말아 쥐고 중단 공격을 날렸다. 하지만 간단히 튕겨 났다. 이어서 날린 주먹마저 빗나가 상단 발차기를 날렸지만, 신발 바닥과 상대의 주먹이 격돌하면서 무릎에 대미지를 받고 말았다. 무릎을 감싸 쥐며 한발로 도망치려 했을 때 멱살을 잡혀 그대로 바위벽에 내동댕이쳐졌다.

"큭."

그녀는 기침을 토하면서도 필사적으로 저항했다. 하지만 발은 공중에 떠 있었고 몸에는 힘이 들어가지 않았다.

"선왕 암렛의 딸 스칼렛. 광기의 왕녀가 클로디어스 왕에게의 복수를 꾸미고 있다는 소문이 자자하지."

코넬리우스는 손에서 힘을 빼지 않고 말했다.

"왕녀……. 왕의 딸……."

히지리의 입에서 익숙하지 않은 말이 맴돌았다.

그녀는 신음을 흘리며 눈을 희미하게 떴다.

"그 얼굴, 절대 잊지 못 해……."

뇌리에 그 저주받은 날의 광경이 떠올랐다. 처형대에서 쓰러진 아버지. 검을 들고 주위에 서 있는 네 사람. 그중 한 명인 코넬리우스의 얼굴. 그리고, 아직 소녀였던 무력한 자신.

"……잊지 못 해!"

그녀는 분노에 휩싸이더니 공중에 떠 있는 두 발로 코넬리우스의 얼굴을 마구 걷어찼다. 그가 얼굴을 돌린 탓에 거의 닿지 않았지만 무심코 손에서 힘이 빠졌다. 그 틈에 그녀는 코넬리우스에게서 벗어나 검을 향해 기어갔다. 하지만 검에 손이 닿기 직전, 머리카락을 잡히면서 그대로 끌려가고 말았다. 녹초가 됐지만 그녀는 주먹을 휘두를 수밖에 없었다. 하지만 모든 공격이 빗나갔고

급소를 노리며 몇 번이나 날린 펀치도 전혀 효과가 없었다.

갑자기 코넬리우스의 커다란 두 손이 왕녀의 머리를 감싸듯이 움켜잡았다.

"헉?!"

깜짝 놀란 직후, 날카로운 박치기가 콧등에 작렬했다.

"……!"

그녀는 입으로 피를 토한 뒤 비틀거리며 뒷걸음질 치다가 그대로 쓰러지고 말았다. 힘이 바닥나서 꿈쩍도 할 수 없었다.

코넬리우스는 발치에 떨어진 왕녀의 검을 천천히 주워 들더니 검의 이름이라도 확인하려는 듯 앞뒤를 살폈다.

"전사는 죽은 후에도 싸움을 이어간다고 하던데, 그야말로 전사의 귀감이군."

그리고 대자로 쓰러진 왕녀를 내려다보듯 선 다음, 냉정하게 그 검을 들어 올렸다.

"하지만 그것도 여기까지다. 허무가 되어, 진정한 죽음을 맞이해라."

그녀는 붉게 물든 입술을 깨물었다.

"어떻게든……."

피 탓에 사레가 들렸다. 감고 있는 눈꺼풀에 떠오른 아버지의 모습이 그녀의 가슴을 옥죄어들게 했다.

"어떻게든, 복수를……."

자신을 내려다보던 클로디어스 왕의 의기양양한 웃음이 뇌리에 새겨져 있었다.

원통함과 한심함 탓에 눈물이 흘러나왔다.

"복수를 해야만 해……. 절대로…… 절대로 이대로 끝낼 순 없어!"

"아니, 끝이다."

"용서 못 해……. 절대 용서 못 해!"

"이해한다. 하지만 그건 무리야."

코넬리우스는 천천히 검을 휘둘렀다. 칼끝이 반짝였다.

"편안히 허무가 되어라."

스칼렛은 원통하기 그지없었다.

이대로 끝낼 수는 없다.

바로 그때, 저벅 하며 힘차게 대지를 내딛는 소리가 들려왔다.

히지리가 서양 활에 우는살을 건 다음, 맨손으로 시위를 잡아당기면서 조준했다.

화살의 끝은 코넬리우스의 등을 향하고 있었다.

히지리의 자세는 늠름하고 당당했다. 궁도 경험이 있는 게 틀림없었다.

궁도를 배운 히지리에게 주목나무로 만든 서양 활은 무거워서, 등을 완전히 편 채로는 시위를 당기지 못했다. 활의 손잡이에서도 위화감이 느껴졌다. 하지만 가장 위화감이 느껴지는 점은 사람에게 활을 겨누고 있다는 것이었다. 한 번도 사람을 조준해 본 적이 없는 히지리는 한순간 갈등에 사로잡혔다.

"……!"

바로 그때, 히지리는 일부러 활을 위쪽으로 들어 올려 표적에서 빗나가게 화살을 쐈다.

우는살이 바람을 찢고 날아가더니 휘오오오오, 하는 날카로운 소리를 자아냈다.

"음?!"

코넬리우스는 그 소리에 한순간 정신이 팔렸다.

"……?!"

스칼렛은 눈을 치켜떴다. 드러누운 채로 코넬리우스의 상의 아래쪽에 있는 단검을 향해 손을 뻗었고, 그것을 뽑아서 그의 오른쪽 허벅지에 꽂았다.

"크어억."

코넬리우스는 비명을 지르며 무릎을 꿇더니 고통에 휩싸여 얼굴을 찡그렸다.

히지리는 활을 쏜 후 궁도의 예법에 따라 조용히 활을 허리 쪽으로 가져갔다.

하늘의 바다가 서서히 푸른색을 띠기 시작했다.

히지리는 무릎을 굽히고 코넬리우스의 상처에 붕대를 정성 들여 감아줬다.

"큭…… 아파……. 젠장."

코넬리우스는 이를 악물었지만 식은땀이 이마에 맺혔다.

히지리는 의료종사자로서 냉정함을 유지하면서도 상대를 안심시키기 위해 미소를 머금었다.

"지혈은 됐습니다. 중요한 혈관과 신경이 무사해서 다행이에요. 움직이지 말고 가만히 있으세요."

히지리는 그렇게 말한 후 뭔가를 찾기 위해 그 자리를 벗어났다. 그의 뒷모습을 쳐다보고 있는 코넬리우스에게 스칼렛이 다가가서 검을 겨눴다.

"클로디어스는 어디 있어?"

"……."

그는 대답하지 않았다. 왕녀는 협박하듯 낮은 목소리로 다시 물었다.

"……어디 있냔 말이야!"

검 끝이 코넬리우스의 목덜미에 살짝 닿았다.

그는 체념했는지 입을 열었다.

"끝없는 땅에, 가장 가까운 곳."

"뭐?"

"머나먼 저편, 아름다운 산의 꼭대기에, 끝없는 땅으로 이어지
는 계단이 있다고 하지."

그는 고대의 전설을 이야기하는 투로 그렇게 말했다.

"거짓말 마."

"클로디어스 왕은 복종을 맹세하면 거기로 데려가 주겠다고 약
속했다."

"숙부는 악인이야. 끝없는 땅에 갈 수 있을 리가 없어."

코넬리우스는 하늘을 올려다보더니 새가 무리 지어서 해뜨기
직전인 하늘의 바다를 날아가는 광경을 눈으로 좇았다.

"하지만 모든 사람이 죽은 자들의 나라에서의 고통을 견디다
못해, 왕에게 구원을 청했지. 인간은 약한 존재다. 나도 천국이 진
짜로 있는지 없는지 몰라. 하지만 그곳에 데려가 주겠다는 말을
들었으니, 뭐든 할 거다."

"용서 못 해."

"어느 세상에나 보스가 있고 부하가 있다, 란 거지."

"용서 못 해!"

왕녀는 분노에 휩싸여 고함을 질렀다.

바로 그때―.

"뭐 하는 거야!"

히지리가 다급하게 돌아와 코넬리우스와 왕녀 사이에 끼어들면서 타이르는 듯한 차분한 어조로 왕녀에게 말했다.

"관둬."

스칼렛은 잠시 히지리를 노려봤지만 이윽고 검을 거두며 뒤돌아섰다.

"가야만 해."

그리고 그렇게 말하며 황야를 향해 걸음을 내디뎠다.

히지리는 한동안 그 뒷모습을 가만히 응시했다.

그 후 코넬리우스의 앞에서 몸을 웅크린 다음, 방금 주워 온 마른 나뭇가지를 웃으며 내밀었다.

"이걸 지팡이 대신 쓰세요."

"……."

코넬리우스는 당황한 표정으로 그 나뭇가지를 받았다. 의료품을 정리해서 가방에 넣은 히지리는 미안한 투로 말했다.

"상처 입혀서 죄송합니다."

"……너는 왕녀 편이 아닌 거냐?"

코넬리우스는 깜짝 놀라면서 히지리의 얼굴을 뚫어지게 쳐다봤다.

히지리는 자기도 모르겠다는 듯이 고개를 갸웃거렸다.

"……당분간은 오른쪽 발에 부담을 주면 안 됩니다."

히지리는 이 말만 남기고 자리에서 일어났다.

하늘이 하얗게 변하기 시작했을 즈음, 스칼렛은 혼자서 황야를 성큼성큼 나아갔다.

그 뒤편에서 활과 의료용 가방을 짊어진 히지리가 뛰어오더니 말없이 그녀의 뒤를 따랐다.

스칼렛은 쳐다보지도 않고 말했다.

"도와줬다고 답례라도 받으러 온 거야?"

"아니."

"그럼, 왜 온 건데?"

"너는 맹수야. 내버려뒀다간 많은 사람을 죽이겠지."

"복수거든. 당연하잖아."

"그래도, 죽이지 마."

스칼렛은 멈춰서더니 날카로운 눈길로 히지리를 돌아봤다.

"너 같은 착해빠진 인간을 보면 구역질이 나."

하지만 히지리는 흔들림 없는 꿋꿋한 눈길로 응시하며 말했다.

"착해빠진 인간이 아냐. 내 이름은 히지리. 성스러울 성(聖) 자를 쓰고 히지리라고 읽어. 너는 상처를 입었어. 상처를 입으면 피가 나고 아프지. 그러니 간호사가 필요해."

히지리의 목소리는 낮지만 힘찼다.

타인의 도움은 필요 없다고 스칼렛은 말하고 싶었다. 하지만 진흙으로 범벅이 된 옷 아래에는 상처와 멍이 무수히 존재하는 것 또한 사실이었다.

"……멋대로 해."

기나긴 침묵 후 그녀는 내뱉듯이 말한 후 다시 걸음을 내디뎠다. 히지리도 말없이 그 뒤를 따랐다.

아침햇살이 지평선에서 고개를 내밀었고 황야를 찬란한 빛으로 감쌌다. 빛은 상처 입은 스칼렛과 히지리를 비췄다.

두 사람의 여행은 그렇게 시작됐다.

사막

활활 타오르는 듯한 빛이 사정없이 쏟아지는 사막을 두 여행자
가 묵묵히 나아갔다.

　올려다봐야 할 만큼 커다란 바위산이 있었는데 유심히 보면 그
것은 거대한 산호 덩어리였다. 갈라져 나온 사슴뿔, 어떤 것은 꽃,
어떤 것은 테이블 형태 등, 다양한 형상을 하고 있었다.

　스칼렛은 무거운 짐을 짊어진 채 그것들을 올려다봤다.

　이곳은 혹시 바닷속일까? 공기에 약간의 짠 기가 섞여 있는 느
낌마저 들었다. 그렇다면 머리 위에 있는 저 하늘의 바다는 해저
에서 올려다본 해수면일까?

　문득 뒤편을 쳐다보니 히지리가 약간 뒤처져서 따라오고 있었다.

　매우 힘들어 보였다. 이마에는 커다란 땀방울이 맺혔고 셔츠

앞뒤 전부 땀에 흠뻑 젖어 있었다. 사막의 바람이 발치에서 소용돌이를 치며 자잘한 모래알이 젖은 피부에 들러붙었다. 침을 삼키는 것도 힘든지 숨을 헐떡이고 있었다.

스칼렛은 등 뒤에서 들려오는 숨소리를 들으면서 짜증을 느꼈다. 그녀가 보기에 이 남자는 평온한 세상에서 살아온 연약한 인간이었다. 아버지의 측근들은 하나같이 철저하게 단련한 강인한 육체를 지녔다. 어릴 적부터 검을 쥐고, 말을 타며, 황야를 행군해 온 그들이라면 이 정도 여행은 아무렇지도 않으리라. 하지만 이 남자는 다르다. 겨우 한나절 걸었을 뿐인데 이미 한계에 도달했다. 스칼렛은 그가 발을 질질 끄는 소리를 들을 때마다, 혀를 차고 싶은 마음을 억누르느라 고생했다. 정말 한심하기 그지없는 놈이다. 이런 남자를 데려온 것은 실수일까. 확실히 그의 의료 지식은 도움이 될지도 모른다. 하지만 그 외에 무슨 가치가 있을까? 제대로 걷지도 못하는데 말이다.

머나먼 지평선에서 불길한 모래 먼지가 피어올랐다.

스칼렛은 한순간 걸음을 멈추고 눈썹을 찌푸렸다. 그 모래 먼지는 점점 다가오더니 순식간에 조그마한 동산만 한 크기가 됐다. 곧 맹렬한 모래 폭풍이 해일처럼 두 사람을 덮쳤다. 시야를 빼앗긴 후 바람의 울부짖음과 모래가 부딪치는 소리만이 들려왔다.

날카로운 모래 바위가 여행자의 다리에 상처를 냈다.

히지리는 무심코 무릎을 꿇은 뒤 눈을 가늘게 뜨면서 필사적으로 앞을 보려 했다. 하지만 모래 폭풍 안에서 자기 위치마저 놓치고 말았다.

스칼렛은 멈춰서서 뒤를 돌아봤고 그가 다시 걸음을 떼길 기다렸다.

히지리는 고통 섞인 숨을 내쉬면서도 곧 어찌어찌 몸을 일으키더니 비틀거리면서도 다시 걸음을 내디뎠다.

그녀는 그 모습을 본 후 다시 걸음을 내딛기 시작했다.

모래 폭풍 너머에는 끝없이 펼쳐진 모래 언덕이 지평선까지 이어지고 있었다.

한 걸음 내디딜 때마다 발이 모래에 깊이 파묻혔다. 앞으로 나아가려 할수록 모래가 밀려났다. 들어 올린 발의 근육이 말을 듣지 않았다. 꼭대기가 눈앞에 있지만 아무리 걸어도 가까워지는 느낌이 들지 않았다. 겨우겨우 꼭대기에 도착했나 했더니 다음 모래 언덕이 눈앞에 나타났다. 절망감이 가슴을 가득 채웠다. 끝이 보이지 않는 고난이 영원히 계속됐다.

바로 그때, 뒤따르던 히지리의 발치에서 모래가 무너지기 시작했다. 유사(流砂)였다. 그는 필사적으로 버둥거렸지만 오히려 역

효과만 나면서 점점 모래에 삼켜졌다.

"이익."

스칼렛은 짜증을 내며 왔던 길을 돌아가, 손을 뻗어서 그의 팔을 잡고 어찌어찌 끌어냈다.

해가 기울기 시작했을 때 황야에 있는 폐허가 된 교회에 도착했다. 초기 비잔틴 양식과 흡사한 석조 벽은 무참하게도 무너져 있었다.

하지만 발치를 쳐다보니 바닥에는 모자이크로 새겨진 지도가 남아 있었다. 지도는 오랜 시간이 흐르면서 절반 이상이 훼손됐지만, 남은 부분을 유심히 살펴보자 산 그림과 빛의 고리 같은 문양이 그려져 있었다.

스칼렛은 코넬리우스에게 들은 말을 떠올렸다.

"아름다운 산의 꼭대기에, 끝없는 땅으로 이어지는 계단이 있다……."

입안으로 작게 중얼거렸다. 그 산의 꼭대기에 가면 끝없는 땅에 갈 수 있는 것일까?

교회 주위를 둘러보던 스칼렛은 갑자기 걸음을 멈췄다.

히지리가 지면에서 몸을 웅크린 채 완전히 곯아떨어져 있었다. 입술은 탈수 증상과 건조함 탓에 찢어져 피가 나고 있었다.

그녀는 한숨을 내쉬며 자리에 앉았다. 이 남자가 살아남을 수 있을지 스스로에게 물어봤다. 이대로는 목적지에 도착하기 전에 죽을지도 모른다. 이런 짐 덩어리는 방해밖에 안 될 게 뻔했다. 내일 이동은 오늘보다 더 가혹할 것이다. 이 남자를 데려가야 할까, 아니면…….

스칼렛은 답을 찾지 못했다.

강한 햇살이 쏟아지는 사막에 발자국이 새겨져 있었다.

앞으로 얼마나 더 걸어야 할까. 스칼렛과 히지리는 사방이 훤히 보이는 모래 언덕 위에 있었다.

"……?"

그녀는 언덕 너머에서 누군가를 발견했다.

히지리도 그쪽을 주시했다.

노인들과 낙타가 줄지어 걷고 있었다. 캐러밴이라 불리는 상단 같았다. 하지만 그 모습은 평화로워 보이지 않았다.

주름투성이의 얼굴과 강한 햇살 탓에 검붉게 탄 피부를 새하얀 천으로 가리고 있었다. 등이 굽을 정도로 커다란 짐을 안았고 손발에는 붕대가 감겨 있었다. 지팡이를 짚은 채 상처에 괴로워하며 겨우겨우 걸음을 옮겼다.

"……!"

히지리는 그 모습이 고향에서 쫓겨난 난민 같아 보여 충격에 말문이 막히고 말았다.

그때 낙타들이 베에~, 하고 울음소리를 내면서 왔던 길을 돌아가려는 것처럼 소란을 피웠다. 노인들도 허둥지둥 반대 방향으로 달려갔다.

"아아……."

"도적이야."

"도망쳐."

모래를 박차는 말발굽 소리가 들려왔다.

언덕 너머에서 일곱 마리의 말에 탄 남자들이 모래를 박차며 달려왔다. 모피를 걸쳤고 검은 복면을 쓰고 있었다.

도적이라 불린 남자들은 유목 기마민족 흉노의 기마대였다.

캐러밴 사람들은 공포에 떨면서 도망쳤다.

"너무해."

"살려줘."

"죽고 싶지 않아."

흉노의 기마대는 안장과 등자가 없는 말을 다리만으로 능숙하게 조종하면서, 무기를 들지 않은 노인들을 인정사정없이 습격했다. 짐을 강탈했고 얼마 안 되는 먹을 것과 물도 빼앗았다.

비명이 사막에 울려 퍼졌다.

"아······."

히지리는 말문이 막혔다.

노인들은 빼앗기지 않기 위해 필사적으로 고함을 질렀다.

"안 돼."

"가지고 가지 마."

"이익, 놔라."

말 위의 병사들은 변변한 저항도 못 하는 노인들을 곤봉으로 차례차례 두들겨 팼다.

"앗."

지팡이를 짚은 조그마한 체구의 여성이 짐을 빼앗기고 지면을 뒹굴었다. 그런 여성의 옆을 말의 발이 통과했다.

참다못한 히지리는 뛰어갔다.

"멈춰······ 멈춰."

고함을 지르면서 기마대와 노인들 사이에 뛰어들었다.

"빼앗지 마. 상대는 노인이라고."

손을 크게 펼치며 말리려 했다.

하지만 기마대는 그를 완전히 무시하며 약탈을 이어갔다.

"멈춰."

히지리는 손을 크게 휘두르면서 제지하려 했다.

기마병 한 명이 그런 히지리에게 다가가더니 곤봉으로 그의 안면을 후려쳤다.

"윽."

둔탁한 소리가 난 후 히지리는 모래 위에 쓰러졌다. 몸을 일으키려던 순간, 다른 병사가 그의 옆을 지나치며 머리를 두들겨 팼다. 그런데도 다시 일어난 히지리는 손을 펼치며 고함을 질렀다. 등을 두드려맞아도 배를 걷어차여도, 홀로 계속 맞섰다.

"멈춰…… 멈춰."

마지막으로 기마병 중 한 명이 말 위에서 일부러 주먹을 말아 쥐고 히지리의 볼을 향해 휘둘렀다.

"윽."

기마대 병사들은 약탈한 짐을 들더니 환호성을 지르며 돌아갔다.

히지리는 입가의 피를 닦고 자리에서 일어났으나 무력감에 사로잡혀 그 뒷모습을 보고만 있었다.

낙타 위편에서 얼굴을 내민 노인들이 중얼거렸다.

"전부 빼앗겼어……."

"왜 죽고 나서까지 이런 고통을 받아야 하는 거지……."

그들의 우두머리로 보이는 갑옷 차림의 노인만이 히지리를 지그시 쳐다보고 있었다.

바로 그때, 멀어져 가는 흉노 병사들의 움직임이 흐트러졌다.

"앗."

"위험해."

"도망쳐!"

그들은 입을 모아 그렇게 외치면서 허둥지둥 도망쳤다.

갑자기 반대 방향에서 다른 기마대가 나타났다. 탕, 하는 메마른 파열음이 사막에 울려 퍼졌다.

"총성?"

히지리는 깜짝 놀라며 그쪽을 쳐다봤다.

새롭게 나타난 기마대는 가면을 쓴 오스만제국의 시파히(병사)였다. 그들은 여섯이고 안장과 등자도 장비했으며 장총(머스킷 총)을 말 위에서 겨누고 있었다.

흉노 병사들은 부리나케 도망쳤다. 다시 총성이 들리자 최후미에서 시간을 벌던 병사가 짐과 함께 말에서 떨어졌다. 오스만제국 병사는 팔을 늘어뜨리더니 땅에 떨어진 짐을 차례차례 주워들었다. 방금 낙마한 흉노 병사가 뛰어서 쫓아왔지만 뒤편에서 다가온 다른 기병이 쏜 총이 그의 등을 꿰뚫었다.

"도적이, 다른 도적을 습격했어……?"

히지리는 혼란에 빠진 채 그렇게 중얼거렸다.

흉노의 기마대는 아까 빼앗은 식량과 금, 은, 융단 등을 전부 빼앗겼을 뿐만 아니라 무자비하게 전원이 사살 당했다.

기마대의 약탈은 비인도적이며 약자를 괴롭히는 악인과 범죄자의 행위처럼 보일지도 모른다. 하지만 약탈은 기마민족이 필요한 물자를 얻기 위한 생존전략이자 살아남는 방법으로서 정당한 행위다. 강자가 이기고 물품을 손에 넣는다는 것은 역사상 어느 시점에서나 되풀이 되어온 당연한 행위에 지나지 않는다.

오스만제국의 기마대는 환호성을 지르며 승리를 자축하더니 그대로 방향을 돌려서 노인 쪽으로 향했다.

"어?"

노인들은 낙타를 끌며 서둘러 도망쳤다.

"정신 차려."

스칼렛은 멍하니 서 있는 히지리에게 고함을 지른 후 그의 팔을 끌며 내달렸다. 하지만 곧 오스만 병사에게 따라잡혔다.

"내놔라."

그대로 의료용 가방을 빼앗기고 말았다.

"그것도 내놔."

그녀도 다른 병사에게 쫓긴 끝에 어깨에 걸치고 있던 가방과 망토를 빼앗겼다.

"기다려……. 기다려."

히지리가 기마대를 향해 고함을 질러도 그들은 돌아보지도 않았고, 결국 분통을 터뜨리며 자기 무릎을 손으로 내려쳤다.

"젠장."

"……?"

스칼렛은 말없이 하늘을 우러러봤다.

장총을 든 오스만 병사들의 머리 위, 하늘의 바다가 어느새 거칠어지고 있었다. 천둥이 치면서 거대한 그림자가 떠올랐다.

그녀는 하늘을 올려다보며 뒷걸음질 쳤다. 맑디맑던 하늘이 순식간에 흐려지더니 지상이 그림자에 뒤덮였다. 모래 구덩이에 몸을 숨기듯 드러누운 그녀는 히지리에게 충고했다.

"엎드려."

곧 소용돌이치는 하늘의 바다에서 격렬한 번개가 기묘한 형태를 그리며 뿜어졌다.

오스만 병사가 들고 있는 장총에 번개가 정확하게 떨어졌다. 스칼렛에게서 가방을 빼앗았던 병사다. 온몸에 번개 형태의 시뻘건 리히텐베르크 문양(낙뢰흔)이 생기면서 새우처럼 몸을 꺾은 채로 경련을 일으켰고, 사막에 그대로 쓰러진 후에는 통나무처럼 꿈쩍도 하지 않았다.

하늘에는 여전히 번개가 감돌고 있었다.

"아아아……."

"도망쳐."

다른 오스만 병사들은 공포에 사로잡혔다.

또 번개가 치자 병사들은 빼앗은 짐을 전부 내팽개치고 부리나케 말을 몰아 도망쳤다.

눈을 감고 있는 그녀의 옆에서 히지리는 아연실색한 채 낙뢰의 행방을 눈으로 좇았다.

"이쪽으로 와."

낙뢰는 모래 구덩이에 숨은 두 사람의 옆을 지나쳤다. 자신들에게 떨어지더라도 이상하지 않았다. 그런데도 꼼짝도 하지 않고 계속 버텼다.

우우우우우우우우.

하늘에서 울려 퍼지는 기묘한 소리를 듣고 슬며시 고개를 든 히지리는 아연실색했다.

공중에는 무수한 화살과 작살이 꽂힌 거대한 드래곤이 있었다. 커다란 입을 벌리니 무시무시한 이빨이 드러났다.

오오오오오오오오오오오오오오.

포효가 모든 공기와 모래를 격렬하게 진동시켰다.

드래곤은 하늘을 천천히 이동했고, 이윽고 날개와 긴 꼬리를 흔들면서 파도 너머로 사라졌다. 마치 비구름이 지나간 것처럼 이 자리에는 햇살과 정적만이 남았다.

"저건, 뭐야……?"

히지리는 몸을 일으킨 후 믿기지 않는다는 표정으로 드래곤이 사라진 하늘을 올려다봤다.

반대로 스칼렛은 태연하게 몸을 일으키더니 히지리에게 눈길도 주지 않고 걸음을 옮겼다. 사막에는 캐러밴의 짐이 여기저기 떨어져 있었다. 그녀는 곧장 자신의 짐이 있는 장소로 향했다.

히지리는 쓰러진 오스만 병사에게 다가갔다.

"괜찮아요?"

한쪽 무릎을 꿇고 말을 건넸다. 방금 번개를 맞은 병사다. 호흡도, 심장 박동도 느껴지지 않았다. 즉시 심폐 소생술을 하려던 바로 그때였다.

"……어?"

히지리는 화들짝 놀라며 몸을 뒤편으로 젖혔다.

오스만 병사의 몸은 낙엽이 바람에 흩날리듯 소용돌이치며 사라졌다.

이 현상을 보는 건 두 번째다. 할 말을 잃은 채 멍하니 응시할 수밖에 없었다. 그 후에는 무기와 방어구만이 남겨졌다. 가면이 달그락 소리를 내며 벗겨졌다.

"허무가 된 거야."

스칼렛은 퉁명한 어조로 그렇게 말하고 사방에 굴러다니는 짐 속에서 자신의 가방과 망토를 주워들었다. 사라진 병사를 응시하고 있는 히지리의 옆에 그의 의료용 가방을 던졌다.

"자기가 그렇게 안 된 걸 행운이라고 여겨."

하지만 히지리는 한쪽 무릎을 꿇고 등을 동그랗게 만 채로 꼼작도 하지 않았다. 그녀는 말없이 그 자리를 벗어났다. 얼마 후 그는 허무가 된 병사의 갑옷을 향해 작은 목소리로 중얼거렸다.

"구해주지 못해, 죄송합니다……."

그 말을 들은 스칼렛은 솟구치는 짜증을 억누를 수 없었다. 뒤돌아서서 거친 발걸음으로 성큼성큼 히지리에게 다가가 그의 멱살을 잡고 귓가에서 고함을 질렀다.

"현실을 받아들여! 눈앞의 광경을 봐, 이 착해빠진 인간아!"

해 질 녘의 황야가 푸른색으로 물들었다.

스칼렛은 건조된 낙타의 대변을 주워 모아 익숙한 손놀림으로 불을 피웠다. 거기서 발생하는 풀과 흙 같은 자연의 냄새에 사막의 차가운 공기가 섞였다. 불 위에 둔 조그마한 주전자에서 김이 피어올랐다.

흔들리는 모닥불의 빛을 쐬며 그녀는 빼앗기는 과정에서 찢어진 망토를 묵묵히 기웠다.

히지리는 그릇에 담긴 보리죽을 먹지도 않고 핼쑥한 얼굴로 모닥불을 지그시 응시하고 있었다. 그리고 기나긴 침묵 끝에 불쑥 중얼거렸다.

"직장에서 자주 들었어. 간호사라면, 사람의 죽음에 익숙해지지 않으면 일을 할 수 없다, 일일이 슬퍼하다간 한도 끝도 없다, 같은 말 말이야. 하지만 죽음에 익숙해져서 마음이 마비되면, 분명 다른 무언가를 잃고 말아."

그녀는 손을 멈추고 히지리 쪽을 힐끔 쳐다봤다.

히지리는 떠올렸다.

자신이 일하는 도심의 응급 구조 센터. 내부에 줄지어 놓인 의료 기구가 반짝거리고 의사와 간호사는 쉴 틈 없이 거기서 일한다. 집중치료실에서는 침대 위에서 튜브와 센서에 둘러싸여 있는 환자가 생사의 갈림길을 헤매고 있다. 병실의 텔레비전 스피커에서는 유행가가 흘러나오고 있었다.

사랑에 관해 가르쳐줘

누구나 알고 있는 기적

이 가슴을 가득 채워

사랑의 모든 것을 가르쳐줘

내가 살아가는 의미를

마음을 잃어버리기 전에

그 노래는 병원 밖의 시부야 거리까지 전해졌다.

미야마스자카 지역의 평소와 다름없는 일상. 가로수 사이로 쏟아지는 여름의 눈부신 빛.

히지리는 모닥불을 응시하며 중얼거렸다.

"사람은 무엇을 위해 살지? 인생을 무엇을 위해 존재하지? 언젠가 그것을 알게 될까?"

"그딴 생각은 살아있을 때나 해. 이제 와서는 늦었어."

스칼렛은 다시 바느질을 하면서 매몰찬 말투로 그렇게 대꾸했다.

"나는 안 죽었다니까 그러네."

히지리는 쓴웃음을 머금었다.

두 사람 사이에 다시 침묵이 흘렀다. 사막의 바람이 조용히 불
어와 모닥불의 불길이 흔들렸다.

스칼렛은 바느질을 하면서 생각했다. 복수 말고는 아무것도 없
는 자기 자신에게 인생의 의미를 생각할 여유가 생기는 날이, 과
연 찾아올까?

노인들

스칼렛은 사막을 둘러봤다.

지평선이 아지랑이에 의해 흔들리고 있을 뿐 아무 것도 보이지 않았다. 같은 풍경을 몇 시간이나 봤다. 자신이 어디에 있으며 어디로 향하고 있는지도 알 수 없었다. 히지리는 땀도 닦지 않고 짐을 짊어진 채 묵묵히 걷고 있었다.

모래를 박차는 동물의 발소리가 멀리서 들려왔다. 그 소리가 가까워지자 두 사람은 돌아봤다. 스칼렛은 망토 안에 있는 검자루에 슬며시 손을 올렸다.

낙타를 타고 나타난 이는 예의 캐러밴을 이끌던 우두머리였다. 등이 꼿꼿한 그는 위엄이 느껴지는 갑주를 걸치고 있었고 긴 백발을 머리 뒤편으로 모아서 묶었다. 오른쪽 눈에는 칼에 베인 듯한 큰 흉터가 남아 있었다.

"이 앞에는 길이 없지. 우리 캐러밴과 같이 가지 않겠나?"

노인이 갑자기 그런 제안을 했고 히지리는 놀라면서 물었다.

"어째서요?"

"우리를 도와주려 한 네 혼에 감사를 표하고 싶군."

흰수염을 기른 노인은 별다른 표정의 변화 없이 그렇게 말했다.

히지리의 얼굴에 자연스럽게 미소가 맺혔다. 하지만 스칼렛은
여전히 무표정했다.

노인은 고삐를 당겨서 낙타를 돌아서게 했다. 히지리는 낙타를
따라갔다. 하지만 문득 뭔가를 눈치채고 뒤를 돌아보았다. 스칼
렛이 따라오지 않았다.

"왜 안 따라오는 거야?"

"그들도 도적이면 어쩔 건데?"

그녀는 경계심을 숨기지 않았다.

"분명 그렇지 않을 거야."

"왜 그렇게 단언할 수 있는 건데?"

스칼렛은 한사코 따라오지 않았다.

노인이 안내한 곳은 사막 한가운데에 있는 유목민의 텐트 촌락

이었다. 사막에 있는 귀중한 우물 중 하나를 지켜온 촌락이다.

낙타들이 몸을 맞댄 채 우물에서 길은 물을 마시고 있었다. 히지리 또한 그 물에 얼굴을 담그고 탐닉하듯 마셨다.

결국 스칼렛도 따라왔다. 팔을 허리에 대고 이럴 작정은 아니었다는 듯이 한숨을 내쉬었다.

이곳은 교역로와 여로의 중계 지점에 위치해 있었고, 여행자와 상인들에게 휴식과 안전 및 정보를 제공하는 여관 역할을 했다. 우물물 덕분에 사막답지 않게 커다란 활엽수 한 그루가 메마른 대지에 시원한 그늘을 만들어주었다.

도적에게 습격을 받은 캐러밴 노인들이 무사히 이곳에 도착해서 쉬고 있었다. 몸을 맞대며 나무 그늘에 앉아서 안도한 표정으로 석류를 먹었다.

히지리는 노인들에게 다가가 환한 목소리로 말을 건넸다.

"여러분. 저는 간호사입니다. 혹시 건강에 불편을 느끼신다면, 저한테 말씀해 주세요."

이때까지 훈훈하게 이야기를 나누던 노인들이 갑자기 입을 다물었다. 다들 미간을 찌푸리며 히지리를 쳐다보고 있었다. 의심, 분노, 거절의 눈빛을 머금고 있었다.

"누구냐?"

노인들을 대변하듯 담배를 꼬나문 중후한 느낌의 노인이 입을
열었다.

"다가오지 마."

검붉은 피부에 상처가 잔뜩 난 노인이 강한 어조로 그렇게 말
했다.

차가운 반응을 보이며 의심하는 게 당연했다. 노인들은 아까
도적에게 습격을 당한 탓에 아직 공포와 피로에 사로잡혀 있었
다. 대부분의 짐은 나중에 되찾았으나, 경계심과 불신감을 느끼
며 모르는 이에게 딱딱한 태도를 보이는 건 어쩔 수 없는 일이다.

물론 히지리도 잘 알고 있었다. 그러나 상냥히 다가가서 해줄
수 있는 일은 해주고 싶었다. 하지만 노인들의 반응은 상상했던
것보다 훨씬 매몰찼다. 마음속으로 식은땀을 흘리면서도 미소를
머금은 채 말을 이었다.

"그런 소리 마시고, 몸에 아픈 곳이 있거나 불편한 곳이 있으
면……."

"관둬."

스칼렛은 어처구니 없어하며 말렸다.

하지만 히지리는 포기하지 않고 계속 노인들에게 말을 건넸다.

노인들은 히지리를 피하듯 그늘에서 나가더니 우두머리에게

몰려가서 소란을 피웠다.

"저 자식은 뭐야?"

"왜 동행을 허락한 건데?"

"도적일지도 몰라."

"다가오지 못하게 하라고."

"나가라고 해."

어디 사는 누구인지도 모르는 남자를 동행시킨 우두머리를 비난했다.

"어른스럽지 못하군."

우두머리는 고개를 저으며 한숨을 내쉬었다. 노인들의 관용과 거리가 먼, 의심으로 가득 찬 도량 없는 태도에 한숨을 내쉬었다.

"이럴 줄 알았어."

그 모습을 곁눈질한 스칼렛은 신랄한 어조로 그렇게 중얼거렸다.

"끝없는 땅으로 이어지는 계단?"

아랍의 전통 의상을 입은 여관 주인은 화로 앞에 앉아, 유리로 된 조그마한 컵에 담긴 차를 흔들면서 스칼렛을 기웃기웃 쳐다봤다.

"여러 시대와 지역의 녀석들이 몰려들어서 거기로 이어지는 산길을 지키고 있다던가. 하지만 실제 거기로 이어지는지는 아무도 몰라. 그런 점은 현세나 별반 다르지 않네."

현세와 다르지 않다, 하고 스칼렛은 되새기듯 중얼거렸다. 주인의 태도는 잘 빈정대는 현실주의자를 연상케 했다. 여관을 하면서도 여행자를 비판적으로 대하고 있는 것이다. 하지만 어찌 보면 핵심을 찌르는 발언일지도 모른다고 스칼렛은 생각했다. 그녀는 지도를 쳐다보며 험난한 황야 너머의 여정을 상상했다.

"거기까지 가는 건 무리일 거야."

여관 주인은 또 빈정거리는 투로 그렇게 말했다.

"안 그래도 험난한 황야를 몇 개나 건너야 하고, 도적이 많은 데다, 요즘에는 대규모 전투단이 산길을 지키던 놈들을 밀어내고 통행을 못 하게 막아버렸다더라고."

스칼렛은 말없이 지도를 덮었다.

끝없는 땅으로 이어진다고 일컬어지는 산들.

그 기슭에는 등산로의 입구를 봉쇄하는 커다란 벽이 지형에 맞춰 굽이굽이 휘어지며 끝없이 이어져 있었다.

클로디어스는 테러리즘으로부터 끝없는 땅을 지키기 위한 방위 조치라며 등산로 입구의 경계를 따라서 분리벽을 건설했다. 기둥과 대들보, 지주 사이로 돌과 벽돌 및 회반죽을 채워 세운 벽은 점령과 분단의 상징으로 여겨지면서, 끝없는 땅을 향하는 모든 이들과 다양한 충돌을 일으켰다.

산기슭 쪽 벽면에는 개방을 호소하는 낙서가 빈틈없이 그려져 있었다. 사람들의 저항, 연대의 의지, 고통과 희망이 절실하게 새겨져 있다. 「Freedom(자유를 찾아서)」, 「End the Occupation(점령을 끝내라)」, 「We will overcome the wall(우리는 벽을 넘고 싶다)」, 「Hope(희망을 가져라)」, 「Tear down all walls(모든 벽을 부숴라)」, 「للجميع السلام(모든 사람에게 평화를)」……

벽 주위에서는 중장비를 갖춘 전투단이 엄중한 경비 태세를 갖추고 있었다. 날카로운 눈빛과 총구의 빛으로 침입자를 거절했다.

그들은 누구나 알고 있다. 이 산의 꼭대기에는 인지를 초월한 무언가가 있다는 것을……. 하지만 그것이 무엇인지 실제로는 알지 못한다.

산의 팔부능선 쯤에 호화로운 성이 있었다.

클로디어스의 성이다.

칠흑색 석재로 만든 벽면에 엘시노어의 문양을 새겨서 위엄과 힘을 과시했다. 발판과 크레인이 설치된 상단부는 여전히 건설 중이며, 한때 하늘을 찌를 정도로 높았다는 그 바벨탑을 본뜬 것이 명백했다.

성의 홀이 있는 높은 천장에 사람을 두들겨 패는 소리가 울려 퍼졌다.

재상 폴로니어스는 무릎을 꿇고 있는 코넬리우스의 얼굴을 주먹으로 두들겨 패고 있었다. 왕녀 포획에 실패했기 때문이다.

폴로니어스는 겉보기에는 지혜가 뛰어나 보였고 클로디어스 왕에게 충실한 재상이다. 하지만 그 이면은 권력욕으로 가득 차 있었다. 왕인 암렛을 끌어내리려는 계획을 알자마자 클로디어스 측으로 돌아선 이 또한 이 남자였다. 자기 자신을 지키기 위해서라면 남을 주저 없이 희생시키는 인물이었다.

폴로니어스의 옆에 서 있는 아들, 레어티즈 또한 왼손에 쥔 단총의 손잡이 끝부분으로 코넬리우스를 때리고 있었다. 듣는 이의 신경을 긁는 웃음소리가 주위의 공기마저 얼어붙게 했다.

코넬리우스는 묵묵히 그 구타를 견디고 있었다. 얼굴에는 심한 상처가 잔뜩 났으며 피가 방울져 떨어지고 있었다.

방구석에서는 로젠크란츠와 길든스턴이 그 광경을 곁눈질했다. 실패하면 저런 꼴이 된다는 것을 알고 부들부들 떨었다.

클로디어스는 눈앞에서 폴로니어스 부자지간이 벌이는 짓을 보고 있지도 않았다. 옥좌의 팔받침에 몸을 기댄 채 허공을 응시하며 중얼거렸다.

"……뱀에게 상처를 입혔지만, 죽이지는 않았다. 아버지를 죽였는데도 그 딸이 반항한다……. 내 아내 거트루드가 오기 전에, 만에 하나라도 허무가 된다면……. 아아, 내 마음은 전갈로 가득해……."

클로디어스는 갑옷 위로 가슴을 쥐어뜯었다. 그러다 갑자기 외치기 시작했다.

"볼티먼드, 볼티먼드는 있느냐?!"

홀 안쪽에서 거구의 남성이 천천히 걸어왔다. 어깨에는 가죽 벨트 두 개를 걸쳤고 치륜(齒輪) 식 단총이 홀스터에 꽂혀 있었다.

볼티먼드는 클로디어스의 앞에 서더니 무릎을 꿇고 있는 코넬리우스를 힐끔 쳐다봤다.

코넬리우스는 고개를 돌렸다. 상처투성이인 얼굴을 보여주고 싶지 않았다.

오렌지색으로 물든 하늘의 바다 아래에서, 스칼렛은 남들의 시선을 피하듯 우물가로 가더니 칸막이 뒤편으로 몰래 들어갔다.

주위를 둘러보며 아무도 없는 것을 확인한 후 재빨리 옷을 벗었다. 손가락 끝이 떨리는 것은 추위 탓일까, 아니면 긴장 탓일까.

사막의 귀중한 물을 통에 조금만 담아서 피부에 뿌렸다. 물이 너무 차가워서 숨을 삼켰다. 하지만 곧 기분 좋게 느껴졌다. 정성 들여 얼굴을 닦고 이어서 목과 가슴 쪽을 닦았다. 오랜 여행을 하며 몸에 묻은 피와 모래 먼지를 서서히 씻어내자 눈부실 만큼 새하얀 피부가 드러났다.

물방울이 피부를 타고 흘러내리는 가운데, 그녀는 깊은 한숨을 내쉬었다.

"클로디어스의 전투단을 어떻게 상대하지……?"

그런 걱정 어린 중얼거림이 저녁노을에 녹아들며 사라졌다.

스칼렛은 다시 물을 떠 얼굴에 끼얹었다. 물방울이 방울져 떨어지는 소리만이 이 정적을 조금이나마 걷어내 줬다.

오후에 부는 사막의 바람이 텐트 사이로 스며들어왔다.

나이 지긋한 여성이 상냥히 쓰다듬듯 류트를 연주하기 시작했다. 곡명은 The Frog Galliard(개구리 갈리아드).

나무 그늘에서 의료용 가방을 펼친 히지리는 안에서 연고와 붕대를 꺼냈다. 노인들은 그를 둘러싼 후 불신과 경계심에 찬 눈길로 그의 일거수일투족을 쳐다보고 있었다.

히지리는 재봉 도구를 짊어진 나이 많은 남성에게 무릎을 보여 달라고 말했다. 도적에게 습격을 당했을 때 왼쪽 무릎에 심한 상처를 입은 것이다.

남성은 머뭇거렸지만 히지리의 눈빛에 압도당해 천천히 옷자락을 걷어 올렸다. 히지리는 무릎에 난 상처를 세심하게 관찰한 후 장비 안 페트병에 들어 있는 투명한 액체를 탈지면에 묻혀서 상처 부위를 닦았다.

"정체를 알 수 없는 걸 바르지 마라."

"독일지도 몰라."

주위에 있는 노인들이 언성을 높였다. 그중에는 히지리를 향해 창을 겨누는 이도 있었다.

하지만 히지리는 동요하지 않고 재봉 도구를 짊어진 남성에게 온화하게 말을 건넸다. 이것은 독이 아닙니다. 생리식염수라는 겁니다. 소독을 안 해도 이것으로 감염을 막을 수 있어요, 하고 말이다.

재봉도구를 짊어진 남성은 그 말에 안심했는지 방긋 웃었다.

"휴우. 고통이 가시기 시작했어."

창을 쥔 노인들은 깜짝 놀라더니 눈을 동그랗게 뜨고 히지리를 응시했다.

이어서 히지리는 지팡이를 짚은 조그마한 체구의 여성에게 말을 건넸다. 팔에 감은 붕대를 풀고 상처를 보여달라고 부탁한 것이다.

걱정에 사로잡힌 다른 여성들이 창을 손에 쥐고 히지리를 둘러싸더니—

"관둬."

"손대지 마."

그렇게 비명에 가까운 목소리로 외쳤다.

하지만 히지리는 개의치 않으며 조그마한 체구의 여성에게 상냥히 미소 지었다.

그 여성은 처음에 망설였으나 곧 오른팔의 붕대를 천천히 풀었다. 히지리는 한쪽 무릎을 꿇고 세심하게 관찰했다. 붉은 종기의 윤곽이 또렷하게 남아 있었고 일부는 딱지가 앉아 있었다. 가렵다는 것을 보면 건선인 것 같았다. 그렇게 희귀한 질환은 아니며 병원에서도 자주 봤다. 환부가 스치거나 긁는 것을 막기 위해, 미리 붕대로 감싸둔 것이리라. 보라색 뚜껑을 열고 피부 연고를 맨손으로 발라줬다.

"신기해라. 훨씬 편해졌어."

체구가 작은 여성은 기쁜 목소리로 그렇게 말하고 팔을 들어 보였다. 히지리는 안도하면서 땀을 닦으며 말했다.

"약이 효과가 있는 것 같아서 다행이에요."

창을 쥔 노인들은 그 결과에 놀라더니 눈을 동그랗게 뜨고 히지리를 응시했다.

멀리서 쳐다보고 있던 스칼렛도 뜻밖이라는 표정으로 그를 쳐다봤다.

"나 같은 더러운 영감탱이는 그냥 내버려둬."

머리카락을 쓸어 넘긴 검붉은 피부의 노인은 당황한 표정으로 뒤돌아보았다.

히지리는 따뜻한 물에 적신 수건을 가볍게 짰다. 그것을 펼치자 따뜻한 김이 피어올랐다. 검붉은 피부의 노인은 더욱 주저했다.

"수건이 더러워질 뿐이야."

"따뜻한 수건을 몸에 대면 기분이 좋을 거예요."

히지리는 즐겁게 웃으며 권했다. 노인은 체념한듯 한숨을 내쉬면서 상의를 벗었다. 그러자 등에 난 수많은 흉터가 모습을 드러냈다.

히지리는 수건을 펼쳐 노인의 등을 세심하게 닦았다.

처음에는 긴장했던 노인이 따뜻한 수건의 증기에 몸이 데워진 건지 기분 좋은 신음을 토했다.

"아아아아아아아아아아."

노인이 서서히 긴장을 푸는 게 느껴졌다.

이것은 간호사가 환자에게 해주는 청결 케어 중에서 「열포청식 (熱布清拭)」이라는 것이고, 목욕을 할 수 없는 분과 누워서 지내는 분에게 목욕을 한 기분을 느낄 수 있도록 해줬다. 상황은 다르지만 사막에 있는 노인들은 목욕을 오랫동안 못 했을 거라고 생각했다.

"상처가 아픈가요?"

히지리가 그렇게 묻자 노인은 고개를 저었다.

"아니······."

히지리는 등을 닦아주면서 흉터를 감탄 섞인 눈길로 쳐다봤다.

"흉터가 정말 많군요."

"이 캐러밴을 도적으로부터 지킨 횟수만큼 있지."

그는 이 캐러밴의 호위를 오랫동안 맡아왔다. 옛날에 입은 상처와 비교적 최근에 섞인 흉터가 뒤섞여 있었다. 이 모든 것이 그의 자랑이었다.

"그러면 훈장이군요."

"그래. 맞아."

히지리가 그렇게 말하자 그는 만족스러운 표정을 지었다.

그 모습을 본 후 언짢아 보이던 노인들이 차례차례 히지리를 찾아왔다.

고지식해 보이는 목수 노인에게 따뜻한 수건을 대자——.

"우와아아아아아아아."

그렇게 황홀한 목소리를 냈다. 아까 히지리에게 여기서 나가라고 말했던 남자였다. 그런 그가 지금, 피부를 드러내고 히지리에게 등을 맡겼다.

챙이 넓은 모자를 쓴 노인은 다른 노인을 치료하는 히지리에게 창을 겨눴던 남자였다. 챙이 넓은 모자 말고는 전부 벗더니——.

"우와아아아아아아아."

그렇게 기분 좋은 목소리를 냈다.

히지리는 언짢아하던 노인들을 차례차례 만족스러운 미소를 짓게 했다.

히지리는 머리카락을 묶은 나이 지긋한 여성에게, 통 안에 담긴 물로 정성 들여 수욕(手浴)을 시켜줬다. 수욕이란 목욕 대신 손목까지만 따뜻한 물에 담가서 씻겨주는 마사지 케어다.

"기분 좋아. 안심이 돼."

"다행이에요."

"조금만 움직여도, 몸이 아파서……."

여성은 노인의 불안을 늘어놨다.

히지리는 마사지를 해주면서 그 말에 귀 기울이고 대답했다.

"그렇게 걱정할 건 없어요. 조금씩 움직이면 분명 좋아질 겁니다."

류트를 연주하는 노인에게도 수욕을 시켜줬다.

"이대로 몸이 둔해진다고 생각하니, 불안해서……."

나이가 들면서 쌓아 올린 기술을 잃어가는 불안을 입에 담았다.

"의식하며 몸을 움직인다면, 그렇게 둔해지진 않을 거예요."

그렇게 말하며 위로하는 히지리를 무용수 여성도 옆에서 보고 있었다.

"다음은 나를 봐주지 않겠어?"

"나도."

"나도."

노인들은 차례차례 품고 있는 고생과 고통 및 고민을 털어놨다. 히지리는 한 명 한 명 수욕을 시켜주면서 이야기를 정성 들여 듣더니 공감해 주며 위로했다. 그의 상냥함과 인내심이 고독과 고난을 견뎌온 사람들의 마음을 조금씩 풀어줬다.

그리고 어느새 그는 노인들의 중심에 있었다.

늦은 오후, 풀을 뜯는 낙타를 쳐다보며 걸어온 스칼렛은 텐트 안의 광경을 본 후 무심코 걸음을 멈췄다.

"……?"

노인들이 처음 왔을 때와는 태도가 완전히 달랐다. 다들 와하하 하고 즐겁게 웃고 있었다. 경계심과 불신감, 무관용, 의심, 좁은 도량 등은 전부 어딘가로 사라졌다. 그 대신 솔직하고 푸근한 미소를 머금고 있었다.

노인들에게 둘러싸인 히지리는 어색한 손놀림으로 류트를 연주하고 있었다. 처음에 류트를 연주하는 노인이 시범을 보이고 이어서 히지리가 연주했다. 기타를 배운 적이 있어도 겨우겨우 따라하는 수준이었다. 그렇게 열심히 노력하는 모습을 본 노인들은 소리 내어 웃었다. 히지리가 악전고투하는 표정이 우스우면서도 사랑스러웠기에 무심코 웃음을 터뜨렸다. 너무 웃어서 배를 감싸 쥔 노인이나 눈가에 눈물이 맺힌 노인도 있었다.

스칼렛은 이 엄청난 변화에 놀라움을 감추지 못했고 나중에 무심코 히지리에게 물어봤다.

"……어떤 마술을 쓴 거지?"

"마술 같은 건 안 썼어. 그들이 이제까지 해온 노력을 천천히 들어줬을 뿐이야."

히지리는 노인들을 향한 경의가 담긴 목소리로 대답했다.

스칼렛은 히지리와 마주하더니 그를 지그시 응시했다.

"아주 조금—."

"응?"

"다시 봤어."

저녁놀의 선명한 빛이 무채색인 사막을 다양한 색채로 물들였다.

자연 소재의 전통적인 의상을 입은 풍만한 육체를 지닌 무용수 여성이 영창에 맞춰 춤추기 시작했다.

파도치는 모래에 그려진 바람 무늬가

떠올리게 해주는 고향의 바다

Ke one holu e ka makani

He hali'a aloha o ku'u home

조개껍질을 볼에 대면

들려오는 그리운 목소리

Pā ka pūpū I ka pāpālina

'Upu'upu a'e i ka leo aloha o ka'ano'i pua

울고 싶을 만큼 먼 곳을 방황한 끝에

못 박힌 듯 서 있는 기댈 곳 없는 나

Ho ou'ē ka auana'ana

E kū kahi a hele hewa I kahi ē

휘몰아치는 폭풍에 휘말려도

가슴을 찌르는 고통에 상처 입어도

Kapakū ka 'ino'ino

Nā kīpona 'eha I pu'uwai haokila la

언젠가 돌아가고 싶어 당신이 있는 곳에

도달하고 싶어 생명이 돌아가는 장소에

E ho iho'i ana au I kahi aloha ho'okahi me 'oe

A kū au i kahi e hō ola hou

해질녘의 하늘 아래에서 요리사인 노인이 솜씨 좋게 요리를 준비하고 있었다.

밀과 소금, 물, 올리브유를 반죽해서 늘린 생지를 15분 정도 발효시킨 후, 모닥불에 얹은 동그란 철판으로 얇은 빵을 몇 개나 구워냈다. 토마토와 양파, 오이, 파프리카를 손바닥 위에 올리고 조그마한 나이프를 이용해서 얇게 썰었다. 그것들을 기름에 절인 올리브와 섞어 레몬즙을 뿌린 다음, 얇게 구운 빵 위에 얹고 접었다. 그게 전부인 요리였다.

"자아."

요리사는 웃으면서 내밀었다.

"잘 먹겠습니다……."

히지리는 머뭇머뭇 그것을 받고 약간 경계하면서 그것의 끝부분을 조금만 베어 물었다.

"……!"

히지리는 깜짝 놀라 눈을 치켜떴다. 이렇게 단순한 요리가 왜 이렇게 맛있는 건지 신기했다. 무심코 한 입 더 크게 베어 물었다. 그리고 또 베어 물었다. 멈출 수가 없었다. 마지막에는 남은 빵을 접어서 입에 욱여넣었다. 사막에서 이렇게 맛있는 요리를 먹게 될 줄은 생각도 못 했다.

요리사가 빵을 하나 더 만들어줬다. 히지리의 식욕을 보고 만족스러운 표정을 지었다.

노인들도 얇은 빵을 먹으며 싱글벙글 웃었다.

스칼렛은 그런 훈훈한 분위기에서 등을 돌린 채 모닥불을 응시하고 있었다. 그녀의 옆에 앉은 이 무리의 우두머리는 얇게 구운 빵이 담긴 접시를 내밀었다. 그녀는 그것을 눈치채고 고개를 들었다. 하지만 곧 시선을 내리깔면서 고개를 저었다. 우두머리는 접시를 바닥에 내려놨다.

"아무도 믿지 못하는 것도 무리는 아니지."

우두머리는 그녀가 경계심을 풀지 못해 음식을 입에 대지 않는 것을 이해한다는 눈길을 보냈다. 우두머리는 과거에 한 나라의 군주였던 적이 있었다. 그래서 그녀가 누구인지 짐작하면서도 묻지 않았다.

"우리도 처음에는 그랬지. 하지만 두들겨 맞고, 걷어차이고, 빼앗기고, 배신당할수록 누군가를 믿고 싶어져. 살벌한 최악의 세계에 있기에, 조금이라도 믿고 싶은 무언가를 갈구하게 돼."

우두머리는 모닥불 위에 놓인 주전자 손잡이를 천으로 감싸 쥐더니 조그마한 컵에 차를 따라서 그녀의 옆에 뒀다. 그녀는 컵을 지그시 응시하다가 잠시 망설인 후 양손으로 그것을 감싸 쥐었다. 차의 향기를 맡은 다음, 조심조심 한 모금 머금었다. 향초를 넣은 차의 그윽한 향기가 코를 찔렀다. 단 한 모금이지만 스칼렛에게는 그것이 한계였다. 그래도 그녀를 감싸고 있는 벽이 조금은 얇아진 것 같았다.

"자네도 젊은 나이에 이곳에 온 것을 보면, 원통하기 그지없는 일이 있었겠지."

우두머리는 사막 저편을 응시하며 말했다. 해질녘의 색채는 더욱 깊어지고 있었다.

챈트에 이어서 노래가 시작됐다.

거기에 맞춰 무용수 여성이 다시 춤추기 시작했다. 고향에서 고대부터 전해져 내려오는 신성한 춤이었다.

그녀는 두 발을 어깨너비로 벌리고 무릎을 가볍게 굽히며 중심을 낮췄다. 허리가 좌우로 천천히 흔들리면서 모래 위에 조그마한 8자를 그리듯 움직였다. 잔잔한 파도를 연상케 하는 움직임이었다. 두 손이 우아하게 움직였다. 손바닥이 위를 향하더니 손가락을 모으며 천천히 좌우로 움직였다.

기쁨의 춤을 춥니다 밤이 끝날 때까지
사랑의 노래를 부릅니다 세상이 끝날 때까지

Ehulahula kāua I ka hula hau oli

A pō ke ao

E hīmeni I ke mele makamae

A pau ka honua

영원토록 춤춥니다

불어오는 바람을 손가락에 휘감듯이

영원토록 노래합니다

가슴 속 깊은 곳에서 손을 맞잡듯이

E hulahula mau nō

Me ka wili lima I ka pā ana mai o ka makani

E himeni mau nō

A pili pa'a lima I ka pu'uwai

목숨을 하사해 주세요

영원토록 헤엄칠 수 있도록

E hō'ola mau nō

E 'au like I ka makemake

목숨을 하사해 주세요

텅빈 가슴을 가득 채울 수 있도록

E hō ola mau nō

A piha nā pu 'uwai hāmama

E ola e i ē

무용수는 힘차게 유연하게 춤췄다. 지면을 힘차게 내딛는 다리와 자유자재로 움직이는 손은 자연계와 신화 속의 사건, 파도와 바람, 식물 등을 표현했다. 그녀의 표정도 춤의 일부였다. 때로는 눈을 치켜뜨며 먼 곳을 응시하고 때로는 눈을 감고 내면의 감정에 집중했다. 눈썹과 입가의 미묘한 움직임이 고대의 이야기를 들려주고 있었다. 허리를 전후좌우로 미세하게 움직이고 거기에 호응하는 두 발의 스텝에 의해 모래 먼지가 흩날렸다. 두 손을 가슴 앞에서 교차시키더니 크게 펼쳤다. 커다란 원을 그리듯이 허리를 돌리는 움직임은 마치 모래 위에서 소용돌이를 만드는 것 같았다.

히지리는 그녀의 춤에 푹 빠져서 쳐다보고 있었다. 그러자 양 옆에 있는 노인이 히지리의 어깨와 허리에 손을 대며 지그시 그를 쳐다봤다. 히지리가 그 의도를 눈치채지 못하자—.

"앗."

그는 곧 무용수 쪽으로 밀쳐지고 말았다.

무용수는 옆으로 비켜서더니 히지리에게 춤을 권했다. 춤추라는 의미란 사실을 그제야 눈치챈 히지리는 무용수 여성의 움직임을 흉내내며 자기 스타일로 허리를 흔들기 시작했다.

여성은 우아하게 허리를 좌우로 흔들고 있지만, 그의 허리는 잠을 잘못 자서 뻐근한 목을 필사적으로 풀고 있는 것처럼 어색했다. 여성의 손은 우아하게 좌우로 움직이고 있지만, 히지리의 팔은 마치 물에 빠져 허우적대고 있는 것처럼 보였다. 여성의 표정은 많은 이야기를 들려주듯 변화하고 있지만, 그는 필사적인 얼굴을 일그러뜨리면서 때때로 이를 악물었다.

"서툴군."

"서툴러."

"춤 같지가 않아."

"나이도 먹을 만큼 먹었으면서 말이지."

"심하네."

노인들은 딱 잘라 말했다.

하지만 그렇게 말하는 노인들의 표정은 히지리의 순수한 열의와 수치를 두려워하지 않는 자세에 감동한 것처럼 보였다. 눈을

141

가리고 싶을 만큼 꼴사나운 그의 추태를 보면서도 노인들은 왠지 그가 사랑스럽다는 느낌을 받았다.

담배를 물고 있던 중후한 느낌의 노인이 나서더니 히지리를 밀쳐내고 춤췄다. 무용수 여성과는 지역과 문화가 전혀 다를 테지만 그의 움직임은 절도 있고 우아했다. 그렇게 두 남녀는 호흡이 척척 맞는 멋진 춤을 선보였다.

"신에게는 인간의 말이 통하지 않지. 그래서 춤으로 자신들의 의지를 전하는 거다."

중후한 느낌의 노인이 그렇게 말했다.

"……!"

그걸 들은 히지리는 화들짝 놀랐다.

신.

모래로 뒤덮인 사막이 바람의 문양을 새기며 파도치고 있었다.

석양으로 물든 하늘을 새가 가로질렀다.

사막의 풍경이 생기로 가득 차 있는 것 같았다.

히지리는 춤을 통해 숨겨져 있던 세계의 진정한 모습이 드러난 느낌을 받았다.

깊은 밤, 캐러밴의 텐트 촌락은 정적에 휩싸여 있었다. 사막의 추위를 막기 위해 노인들은 두꺼운 모포를 덮고 낙타들과 함께 잠에 빠져 들었다.

스칼렛은 양모로 된 두꺼운 모포 안에서 희미하게 몸을 뒤척였다. 긴 속눈썹이 희미하게 떨리더니 희미하게 눈을 떴다.

하늘의 바다 너머에 펼쳐진 별하늘 아래에 히지리가 홀로 서 있는 모습이 눈에 들어왔다.

"......?"

스칼렛은 숨을 죽인 채 모포 안에서 미동조차 하지 않으며 그 뒷모습을 응시했다. 왜 밤하늘을 올려다보고 있는 것일까. 무슨 생각을 하는 것일까. 자기도 모르는 사이에 그의 마음을 상상했다. 그것은 이제까지 경험한 적 없는 복잡하고 모호한 감정이었다. 이런 일은 이제까지 없었다. 뭔가가 서서히 변하기 시작했다. 이것은 대체 무엇일까. 가슴 깊은 곳에서는 이 복잡한 감정을 이해하고 싶다는, 작지만 무시할 수 없는 욕구가 싹트고 있었다. 이 마음이 어디로 향하는지, 그녀는 아직 몰랐다.

히지리의 맞은편 별하늘에는 작게 빛나는 조그마한 빛이 있었다. 유성 같았지만 그렇지 않았다. 하늘의 바다 앞에서 반짝이며 천천히 솟구치고 있었다. 저 빛은 대체 뭘까? 어디로 향하고 있는 것일까?

이른 아침이라 아직 선선할 때, 캐러밴은 텐트 촌락을 떠났다. 낙타 울음소리와 노인들의 발소리가 아침 안개 속에서 울려 퍼졌다. 점심때가 되자 지면에서 식물이 드문드문 보이기 시작했다. 일행은 드디어 모래사막을 벗어난 것이다.

갈림길 앞에서 낡은 지도를 펼쳐 든 스칼렛은 어느 방향으로 가야 할지 확인하려 했다.

바로 그때, 우두머리인 노인이 황야 저편을 손가락으로 가리켰다.

"우리는 이 앞에 있는 마을에서 짐을 풀 거다. 자네들의 목적지는 저 길로 가면 있지."

우두머리가 손가락으로 가리킨 방향을 보니 어렴풋하게 길 같은 것이 보였다. 그것은 모래 바다에 묻혀서 사라질 것만 같은, 그런 덧없는 한 줄기 선이었다.

"신세 졌습니다."

스칼렛은 공손히 고개를 숙였다.

"자네가 목적을 이루길 빌겠네."

우두머리는 격려해 주려는 듯 그녀의 어깨에 손을 얹었다.

한편 히지리는 노인들 한 명 한 명과 포옹을 나누면서 작별 인사를 했다.

"감사했습니다."

"우리야말로 신세 졌어."

바로 그때, 류트를 연주하던 노인이 다가와서 커다란 천 꾸러미를 내밀었다.

"연습해."

그 꾸러미가 류트인 것은 말할 필요도 없었다. 히지리는 얼이 나간 채 그것을 넘겨받았다. 캐러밴의 방울 소리는 작별의 때가 다가왔다는 것을 알려줬다.

스칼렛과 히지리는 새로운 여로를 향해 걸음을 내디뎠다.

유적에서

모든 것을 태울 듯한 태양 아래에서 스칼렛과 히지리는 말없이 걸음을 내디뎠다.

　모래 먼지 너머로 고대 도시의 유적이 보였다. 미로 같은 그 도시는 벽 곳곳이 무너져 무참한 모습을 보이고 있었다. 과거에 동양과 서양을 잇는 교역 루트의 중심지였을 이곳은, 고대 왕조와 고대 로마의 양식이 뒤섞여 있었으며 영화와 쇠퇴의 흔적이 동시에 남아 있었다.

　스칼렛은 발치에 굴러다니는 돌조각을 걷어차며 나아갔다. 냉정해 보이는 그녀는 이 유적에 관심이 없어 보였다. 하지만 히지리는 눈을 반작이면서 풍화된 조각과 바위기둥을 하나하나 감상하고 있었다.

그러던 중 하늘을 뒤덮을 듯한 철새 무리가 나타났다. 수만 마리가 넘는 새들이 검은 구름처럼 꿈틀거리며 머리 위를 통과하더니 일제히 머나먼 하늘로 솟구쳤다.

"노인들이 말했어. 끝없는 땅에는 지금까지 본 적 없을 만큼 아름다운 바다가 있대."

"바다?"

스칼렛은 어두운 잿빛의 하늘과, 거기서 흔들리는 탁한 하늘 바다를 향하는 새 무리를 눈으로 좇으면서 눈썹을 살짝 찌푸렸다.

히지리는 감회에 젖으며 노인들을 떠올렸다.

"참 즐겁게 웃으면서 이야기하더라니깐. 아아, 나도 나이를 먹으면 그 어르신들처럼 될 수 있을까."

"무리야."

"아니, 그러니까……."

"……."

차갑기 그지없는 그녀의 눈길을 본 히지리는 어깨를 으쓱했다.

"그러는 넌 어떤 노인이 될 건데?"

"무리야. 이미 죽었거든."

"아니, 그러니까……."

쓴웃음을 머금으며 말을 이으려던 히지리는 갑자기 입을 다물었다.

멀리서 말의 울음소리가 들려왔다. 희미하지만 두 사람의 귀에
똑똑히 들렸다.

스칼렛의 표정이 순식간에 변했다. 날카로운 시선으로 사방을
둘러봤다. 말없이 허리춤에 숨겨둔 단검으로 손을 가져갔다. 히
지리도 그런 그녀를 보고 마찬가지로 몸을 긴장시켰다.

두 사람은 아무 일도 없었던 것처럼 걸음을 내디뎠다. 유적 안
에서는 사방에서 공격을 받을 수 있다. 그녀는 눈짓을 보내면서
망토의 고정핀에 손을 가져갔다. 히지리도 좌우를 살피며 화살통
으로 손을 가져가 화살의 개수를 확인했다. 모래를 밟는 낮은 발
소리만이 주위에 울려 퍼졌다.

바로 그때, 병사 두 명이 갑자기 나타났다. 좁은 골목의 좌우에
서 협공을 해온 것이다. 손에는 짧은 단검을 쥐고 있었다. 스칼렛
을 몸을 돌리며 망토를 벗었고 오른쪽에 있는 병사의 손목을 순
식간에 꺾은 뒤 상대의 목을 주먹으로 재빨리 두 번 가격했다. 이
어서 왼쪽에 있는 병사가 쥔 단검을 몸을 비틀어 흘려보내더니,
상대의 팔을 옆구리에 낀 채로 안면에 팔꿈치 치기를 두 번 날렸
다. 병사 두 명은 거의 동시에 지면에 쓰러졌다.

"으윽."

히지리는 세 명째의 병사에게 제압당했다. 목에 검이 겨눠진 채 고통스러운 신음을 흘렸다. 스칼렛은 허리에 찬 단검을 뽑아 그 병사의 목을 향해 겨눴다.

"멈춰."

히지리가 고함을 질렀다. 목과 몇 센티미터 떨어진 곳에서 그녀는 검을 멈췄다. 대신 자루 부분으로 병사의 턱을 가격해서 기절시켰다. 해방된 히지리는 거친 기침을 토했다. 그녀는 즉시 쓰러진 병사의 휘장을 확인했다.

볼티먼드 기사단 휘하의 병사였다.

고대 로마 시대의 기둥이 쓰러지면서 드럼이라 불리는 원통 형태의 바위 구조물이 모습을 드러냈다. 스칼렛과 히지리는 그 뒤편에 숨은 후 얼굴만 슬쩍 내밀어 먼 곳을 쳐다봤다.

사암 절벽을 조각해서 만든 고대 신전 유적이 보였다. 전방에 있는 아치 형태의 구조물은 로마 양식이다. 그 위에는 십여 마리의 말이 있었다. 기사단의 본대일 것이다.

그것을 확인한 그녀는 드럼 뒤편에 몸을 숨긴 채 주위를 둘러다니면서 골목을 살폈다. 그러자 묶여 있는 말 세 마리를 발견했다. 아까 쓰러뜨린 척후병의 말이었다. 재빨리 흑갈색 말에 다가가 목과 얼굴을 쓰다듬어주면서 마구와 장비를 확인했다.

따라온 히지리는 류트 꾸러미를 벽에 기대 세워놓고 그녀의 등을 응시했다.

"또 싸울 거야?"

"원수 중 한 명이 있어. 이번에는 분명, 기절시키는 정도로 끝나지 않을 거야."

"중국의 고사에 나오는, 궁극의 활 명인은……."

"뭐?"

"형태가 없는 활로, 보이지 않는 화살을 쏴."

"꿈만 같은 소리하지 마."

"내가 관두라고 하면 어쩔 거야?"

"히지리의 시대에는 다툼이 없는 거야?"

"유감스럽게도 있어."

"그거 봐."

스칼렛은 의기양양한 표정으로 자기 옆구리에 손을 대며 그렇게 말했다.

하지만 히지리는 포기하지 않는다는 듯이 먼 곳을 응시했다.

"하지만 그와 동시에, 대부분의 사람은 폭력에서 멀어지기를 바라고 있어. 어딘가에서 그 연쇄를 끊지 않는 한, 영원히 다툼에서 벗어나지 못해."

그녀는 짜증에 사로잡혀 미간을 찌푸렸다.

"미래에도 다툼이 사라지지 않은 게 우리 탓이란 거야?"

"그렇지 않아. 하지만……."

히지리는 갑자기 백마에 올라탔다. 어깨에 활과 의료용 가방을
메더니 모래 먼지를 피우면서 로마 유적을 뛰쳐나갔다.

"아…… 기다려."

스칼렛은 허둥지둥 그렇게 외쳤지만 백마는 이미 모래 먼저 너
머로 사라졌다.

고대 신전 앞의 주위가 훤히 보이는 언덕 위에, 기사단이 있었다.

기사들은 왕녀 수색 명령을 받고 이곳까지 왔다. 산 채로, 가능
하면 상처를 입히지 말고 클로디어스 왕에게 데려가는 것이 그들
이 받은 임무다. 다들 뛰어난 실력자였다.

기사 한 명이 신전 아래편에서 뭔가를 발견하고 뒤를 돌아보았다.

"볼티먼드 님."

"음."

가죽으로 된 총 벨트 두 개를 어깨띠처럼 걸친 기사단장 볼티
먼드가 청갈색 말을 몰며 다가왔다.

기사가 아래편을 손가락으로 가리켰다.

언덕 아래에는 활을 어깨에 걸치고 백마를 탄 남자가 있었다.

"오, 사절인가. 손을 들고 있군. 바로 항복하다니, 일이 수월하게 풀리겠는걸."

볼티먼드는 웃음을 흘렸다. 코넬리우스가 애먹었다는 말을 듣고 긴장했는데 일이 쉽게 풀리려는 것 같았다. 빨리 처리하고 돌아갈 수 있으리라.

하지만 백마를 탄 남자는 그의 예상을 배신했다. 모래 먼지를 피우며 말에서 내린 그는, 신전 위를 향해 당당한 목소리로 말했다.

"싸움을 멈춰."

"뭐?"

백마를 탄 남자, 히지리는 두 손을 펼친 채 겁먹지 않고 말을 이었다.

"무기를 내려놓고 대화를 나누자."

"저 자식은 뭐야?"

볼티먼드는 분노를 터뜨리더니 재빨리 치륜식 단총을 뽑아서 방아쇠를 당겼다.

탄환이 히지리의 바로 옆 지면에 꽂혔고 모래 먼지가 피어올랐다. 백마가 깜짝 놀라 울음소리를 냈다.

"헛소리 마라. 그러고도 전사냐."

재빨리 탄환과 화약을 장전해 한 발 더 쐈다.

또 모래먼지가 피어올랐다.

백마는 공포에 떨면서 뒷걸음질쳤다. 하지만 히지리 자신은 동요하기는커녕 볼티먼드를 계속 주시하고 있었다.

기사들의 말이 신전에서 언덕 아래로 차례차례 내려와 히지리를 포위했다. 백마는 불안한 듯이 귀를 쫑긋거리면서 겁에 질린 울음소리를 냈다.

"불쌍한 겁쟁이 자식."

"확 잡아서 귀와 코를 잘라 주마."

기사들은 조소를 흘리며 말로 위협했다.

좌우에서 포위당한 히지리는 긴장했다. 도망칠 곳은 없다. 기사들이 그를 향해 슬금슬금 다가갔다.

바로 그때였다.

"멈춰!"

흑갈색 말이 엄청난 속도로 돌진해 왔다.

스칼렛이었다.

"오오오오오."

머리카락을 격렬하게 휘날리며 날카로운 안광으로 노려보는 그 모습은 그야말로 귀신 그 자체였다.

그 엄청난 위압감에 흠칫한 기사들은 활에 꿰뚫린 것처럼 허둥거렸다.

왕녀는 한 손으로 검집을 쥐더니 얼굴 앞으로 들어서 검을 약간만 뽑았다. 칼날이 반사된 빛이 살기 어린 눈동자를 비췄다. 하지만 뇌리에서는 히지리의 목소리가 맴돌고 있었다.

─어딘가에서 그 연쇄를 끊지 않는 한, 영원히 다툼에서 벗어나지 못해─.

스칼렛은 고개를 저은 후 검을 다시 검집에 집어넣었다.

"저 사람은 왕녀……."

볼티먼드는 언덕 아래로 내려오면서 놀란 목소리로 그렇게 외쳤다.

"우와아아아아아아."

왕녀는 놀라운 속도로 기사들 안까지 돌진했고 말 위에서 뽑지 않은 검을 휘둘러 그들 중 몇 명을 쓰러뜨렸다.

"히지리!"

그리고 히지리가 탄 백마를 지키면서 안전한 곳까지 물러났다.

"스칼렛!"

히지리는 말리기 위해 그녀의 이름을 불렀다. 하지만 왕녀는 또 뽑지 않은 검을 치켜들며 돌진했다.

스칼렛은 말과 하나가 된 것 같았다. 몸을 내밀더니 자신에게 달려드는 기사의 몸을 검집으로 때려서 낙마시켰다. 그리고 고삐를 당겨 매섭게 말을 돌린 후, 다음 상대의 검을 피하면서 검집 끝으로 상대의 가슴을 찔러 말에서 떨어뜨렸다. 등 뒤에서 기척이 느껴지자 왕녀는 즉시 몸을 낮췄다. 적의 공격이 허공을 가른 순간, 검자루로 상대의 턱을 후려쳤다.

그런 왕녀의 격렬한 모습에 다른 기사들은 압도당할 수밖에 없었다. 산 채로 잡아 오라는 명령이 현실적이지 않다는 것을 깨달았다. 물러나고 싶지만 뒤편에서 볼티먼드의 분노에 찬 고함이 들려왔다.

"한 명이라고 방심하니 그렇게 되는 거다. 물러나지 마라. 왕녀를 잡아라."

하지만 볼티먼드가 그렇게 외치는데도 사기는 상승하지 않았다. 기사들은 차례차례 말에서 굴러떨어졌다.

싸움 탓에 모래 먼지가 자욱하게 피어오른 가운데, 그 중심에는 늠름하게 말을 모는 스칼렛이 있었다. 그 강렬한 모습에 이제는 누구도 다가서지 못했다.

볼티먼드는 분하다는 듯 얼굴을 찡그렸다.

"정말 짐승 같은 괴물이구나. 빌어먹을."

그렇게 외친 볼티먼드는 그대로 말을 몰았다. 병사들이 위축되어 움직이지 않는 이상, 자신이 나설 수밖에 없다.

느닷없이 말발굽 소리가 스칼렛에게 접근했다.

"……?"

고개를 돌려보니 청갈색 말이 그녀에게 쇄도하고 있었다. 왕녀는 무심코 방심했다. 하지만 갈기를 쥔 손이 보인 순간, 말 뒤편에 숨어 있던 볼티먼드가 자신의 거대한 몸을 앞으로 쑥 내밀었다.

"헉?!"

스칼렛이 대비할 틈을 주지 않고 볼티먼드는 두꺼운 팔로 그녀의 안면을 가격했다. 말 위에서 튕겨 난 스칼렛은 그대로 지면에 내동댕이쳐졌다.

볼티먼드는 그대로 몸을 돌려 말에서 내렸고 주먹을 말아쥐며 그녀에게 다가갔다.

"감히 내 부하 여럿한테 상처를 입혀?"

왕녀는 피에 젖은 입가를 손으로 감싸고 몸을 일으켰다.

"볼티먼드, 절대 용서 못 해……."

"스칼렛, 멈춰."

달려온 히지리가 스칼렛의 어깨를 잡으며 말렸지만 살기 어린 그녀는 개의치 않고 두 주먹을 들어 올렸다. 두 사람 사이에서 일촉즉발의 긴장감이 감돌았다.

하지만 그때, 하늘이 갑자기 반짝이면서 파도치기 시작했다.

"……어?!"

볼티먼드는 화들짝 놀라 하늘을 올려다봤다. 하늘의 바다에 거대한 그림자가 떠올랐다. 상처 입은 기사들 또한 멍하니 하늘을 올려다봤다.

"아아……."

구름을 찢으면서 굉음과 함께 거대한 드래곤이 모습을 보였다.

<u>오오오오오오오.</u>

포효가 고대 유적을 뒤흔들었다. 모래 먼지가 피어오르더니 말이 깜짝 놀라 날뛰었다.

볼티먼드의 얼굴에서 핏기가 사라졌다.

"지금 바로 도망쳐라."

"으아아아아아."

기사들은 앞다퉈 무기를 던진 후 허둥지둥 말을 끌고 부상자를 업으면서 근처 유적에 있는 구멍 안으로 도망쳤다. 말 울음소리와 기사들의 고함이 뒤섞여서 들려왔다.

정신을 차리자 히지리와 스칼렛만이 언덕 아래에 덩그러니 남겨져 있었다. 기사들과 같은 구멍에 들어가고 싶지는 않았다. 몸을 숨길 만한 다른 구멍 또한 없었다.

볼티먼드는 몸을 숨긴 유적의 구멍 안에서 히지리를 날카로운 눈길로 내려다봤다.

"저 남자…… 아까 전의 정전 요청은 우리를 방심시키려고 한 건가……. 정말 교활하구나. 용서 못 해."

볼티먼드는 입술을 깨물더니 단총을 거머쥐었다. 이미 화약과 탄환, 점화약은 넣어놨다. 부싯돌을 당긴 후 신중하게 조준했다.

히지리는 그것을 눈치 못 채고 도망칠 구멍을 찾는 중이었다.

볼티먼드는 깊이 숨을 들이마시고 방아쇠를 당겼다.

바로 그때, 스칼렛의 눈에 총을 든 볼티먼드가 비쳤다. 히지리가 위험하다는 것을 본능적으로 눈치챘다.

"헉?"

머리보다 먼저 몸이 반응한 스칼렛은 히지리를 감싸기 위해 손을 뻗었다.

총성이 울려 퍼졌다.

"윽."

날카로운 통증이 스칼렛의 왼 팔뚝을 꿰뚫자 그녀는 몸을 날린 자세 그대로 지면에 쓰러졌다.

"스칼렛!"

히지리는 깜짝 놀라 몸을 숙였다.

"으으으윽."

몸을 웅크린 그녀의 왼팔에서 피가 흘러나왔다.

히지리는 즉시 의료용 가방을 열어서 서둘러 장갑을 낀 후, 그녀를 눕히고 총상을 살폈다. 탄환은 관통한 것 같았다.

"나를 감싸준 거야? 그냥 내버려 두지 그랬어."

스칼렛은 고통과 혼란에 휩싸인 채 대답했다.

"……모르겠어. 그러는 히지리도 나를 그냥 내버려두고…….."

지혈을 위해 히지리는 거즈를 상처에 꽉 눌러댔다.

"으으으으으……."

강렬한 고통 탓에 그녀의 얼굴이 일그러졌다. 히지리는 피가 천천히 배어 나오는 것을 보고 동맥이 손상되지는 않았을 거라고 생각했다. 하지만 방심할 수는 없었다.

볼티먼드는 중얼거리면서 다시 탄환과 탄약을 금속봉으로 총신에 밀어 넣었다.

"젠장, 한 발 더……."

장전이 끝나자 단총으로 다시 조준했다. 하지만 굉음과 함께 번개가 머리 위에서 쳤다. 깜짝 놀란 그는 총을 놓치고 머리를 감싸 쥐며 지면에 엎드렸다.

드래곤이 번개를 토하자 유적 상층부가 차례차례 파괴됐다. 기사들은 겁을 먹으며 몸을 맞댄 후 구멍 안에서 몸을 웅크렸다.

무방비한 상태인 이는 언덕 아래에 쓰러져 있는 스칼렛, 그리고 그녀를 치료하는 히지리 뿐이었다.

땀을 줄줄 흘리던 스칼렛은 눈을 가늘게 뜨고 하늘을 뒤덮은 드래곤을 봤다. 언제 이쪽에 번개가 떨어져도 이상하지 않다는 느낌이 들었다.

"……이대로, 허무가 되어서 사라지는 건가……."

공허하게 중얼거렸다. 그렇게 되면 이 여행은 여기서 끝난다.

하지만 히지리는 드래곤의 존재 따위는 안중에 없다는 듯 완전히 치료에 집중하고 있었다.

"최선을 다하겠어. 포기하지 마."

그의 목소리에는 흔들림 없는 신념이 담겨 있었다. 동맥이 손상됐는지는 알 수 없지만 응급 상황이니 지혈대를 감을 수밖에 없다고 판단했다.

"소매를 자르겠어."

가방에서 꺼낸 의복 재단용 가위로, 그녀의 상의 소매를 안쪽에 있는 아마포 셔츠째 주저 없이 잘랐다. 끝부분이 휘어져 있어서 피부에 닿지 않았고 날 끝이 짧아서 금방 자를 수 있었다.

하지만 그녀는 가위를 쥔 히지리의 손을 거부하듯 밀어냈다.

"싫어……."

그녀는 볼을 붉혔다.

"손, 치워."

히지리는 상냥하게 타이르는 투로 그렇게 말했다.

"……부끄러워."

그녀는 당황한 눈동자로 숨을 내쉬듯 그렇게 중얼거렸다. 그의 손가락이 피부에 닿을 때마다 스칼렛의 심장이 작게 뛰었다.

히지리는 지혈대를 스칼렛의 어깨까지 노출된 팔에 둘렀다. 상처 윗부분에 장착한 후 재빠르게 막대 부분을 돌려서 팔을 졸랐다.

"으윽……."

고통 탓에 그녀의 표정이 일그러졌다. 하지만 히지리는 손에 더 힘을 주면서 막대를 돌렸다.

"아프겠지만, 조금만 참아."

"으으으으윽."

상상조차 못 한 격렬한 고통이 느껴지자 무심코 신음을 흘렸다.

하지만 지혈을 위해서는 이럴 수밖에 없다. 히지리는 그녀의 왼 손목의 맥을 쟀다. 맥이 느껴지는 것을 보면 완전히 지혈되지 않았다. 그래서 막대를 더 돌렸다.

그런 히지리의 믿음직한 얼굴을 본 스칼렛은 물어보고 싶어졌다.

"……왜 이런 직업을 선택한 거야?"

히지리는 막대를 돌리는 손에 힘을 주면서 말했다.

"병원에서 간호사가 녹초가 되어가며 일하는 모습을 보니……
나도 해보고 싶어졌어."

히지리가 태연하기 그지없는 어조로 그런 뜻밖의 이유를 입에
담아서 그녀는 웃음을 흘렸다.

"……제정신이 아니구나."

그 말과 달리, 그의 소박한 성실함을 느낀 스칼렛은 가슴속이
따뜻해지는 느낌을 받았다.

히지리는 다시 맥을 재고 지혈이 됐다는 것을 확인한 후…….

"왼손, 움직일 수 있어?"

그렇게 물었다. 움직이지 못한다면 손목 처짐이고 요골 신경
마비가 의심된다. 하지만 다행히 손을 세게 말아쥘 수 있었다.

히지리는 부드러운 미소를 지었다.

"중요한 신경은 다행히 무사한 것 같아. 그래도 한동안은 무리
하지 마."

"……."

스칼렛은 그 말을 듣고 몸에서 힘을 뺀 후 안심한 것처럼 깊은 한숨을 내쉬었다. 그가 응급치료로서 끈 형태로 만든 삼각건을 두 번 말아주는 사이, 그녀는 힘이 다한 듯 눈을 감고 잠들었다.

하늘을 올려다보니 드래곤은 천천히 이곳을 벗어나면서 파도치는 하늘로 사라졌다. 하늘의 바다는 평온한 저녁놀 색깔로 물들고 있었다.

히지리는 그녀의 잠든 얼굴을 쳐다보며 생각했다. 상황상 의료기관에서 치료를 받을 수는 없고, 의사가 아닌 자신이 동맥 손상이나 신경 손상은 걱정하지 않아도 된다고 말할 수도 없다. 하지만 지금은 불안을 느끼고 있을 그녀를 안심시켜 줄 필요가 있다고 간호사로서 생각했다.

스칼렛이 잠든 사이, 히지리는 상처 부위를 생리식염수로 정성들여 씻어줬다. 탄환이 관통하기는 했지만 파상풍과 세균 감염증을 막기 위해서다. 그 후 머뭇머뭇 지혈대를 풀었다. 출혈은 멎었다. 다행이라고 안도하며 한숨을 내쉬었다. 혹시 몰라 상처 부위를 꿰맨 뒤 새 거즈를 대고 새 붕대로 정성 들여 감쌌다.

뒷정리하는 히지리의 옆에서 스칼렛이 갑자기 눈을 떴다.

"······!"

그녀는 벌떡 몸을 일으키더니 붕대에 감싸인 왼손을 축 늘어뜨린 상태에서 어딘가로 향했다.

"무리하지 말라고 했는데……."

히지리는 난처한 표정으로 그런 그녀의 뒷모습을 응시했다.

저녁놀이 고대 유적의 풍화된 바위벽을 옅게 물들이고 있었다.

스칼렛의 날카로운 안광이 유적 그늘에 몸을 숨기고 있는 누군가를 포착했다. 그자는 바로 과거에 아버지의 측근이었으나 지금은 복수해야만 하는 상대인 볼티먼드였다.

그에게 다가가기 위해 언덕을 올라간 후 검을 뽑아 들고 거침없이 쇄도했다.

"윽……."

그러자 볼티먼드는 왕녀의 시선에 꿰뚫린 것처럼 몸을 웅크렸다. 다시 총탄을 장전하기 위해 금속봉을 꺼내려 했지만 당황한 탓에 손가락을 뜻대로 움직일 수 없었다. 왕녀가 겨눈 칼에 놀란 그가 놓친 단총이 철컥하는 소리를 내며 땅에 떨어졌다.

"용서해 다오."

"용서 못 해."

볼티먼드는 양손을 앞으로 내밀며 떨리는 발로 신전 앞의 바위밭까지 뒷걸음질쳤다. 검이 자신의 콧등에 겨눠지자 식은땀이 볼을 타고 흘러내렸다.

"부, 부탁이다."

"너는 아버지를 잔인하게 해쳤어."

그녀의 가슴에는 절대로 아물지 않을 상처가 있다. 처형대에서 피에 물든 아버지의 주위에서 검을 들고 있는 네 사람. 그중 한 명인 볼티먼드의 얼굴. 잊고 싶어도 잊을 수 없다. 아버지의 복수를 하기 위해 이제까지 살아왔다. 드디어 복수를 하게 된 것이다.

하지만 볼티먼드의 입에서는 뜻밖의 말이 나왔다.

"잠깐만. 내 말 좀 들어봐라. 사실 나는 왕을 해치지 않았어."

"이제 와서 헛소리 마."

스칼렛이 검을 내밀자 볼티먼드는 몸을 젖혔다.

"정말이야. 왜냐하면 그때, 나는 왕의 중얼거림을 들었거든."

"중얼거림?"

그녀의 검이 한순간 움직임을 멈췄다.

그날의 기억이 뇌리에 떠올랐다.

묶인 채 무릎을 꿇고 있는 아버지. 딸인 자신을 올려다보며 무슨 말을 했었다.

『……○○○○……。』

하지만 그 말은 사람들의 목소리에 가려서 들리지 않았다.

『네? 뭐라고 하셨어요? 아버님.』

난간을 힘껏 움켜쥔 스칼렛은 몸을 앞으로 쑥 내밀며 아버지의 목소리에 필사적으로 귀를 기울였다.

『……○○○○……!』

아버지는 그녀를 올려다보며 큰 목소리로 또 뭐라고 외쳤다. 하지만 그 목소리는 자신에게 전해지지 않았다.

그녀는 이를 악물고 고개를 저으면서 외쳤다.

"안 들렸어!"

"너한테는 안 들렸겠지만, 바로 옆에 있던 나한테는 들렸지. 무심코 검을 멈추고 코넬리우스와 얼굴을 마주했다. 녀석도 그 말을 듣고, 검을 휘두르지 못했어."

"나는…… 아무것도 안 들렸어!"

"그렇다면 알고 싶을 텐데? 내가 알려주지 않는다면, 너는 왕의 마지막 말을 영원히 알 수 없을 거다."

볼티먼드는 진땀을 흘리면서 선택을 강요하듯 그렇게 말했다.

"……"

그녀는 말문이 막혔다. 당혹감을 감출 수 없었다. 그리고 현실에서 눈을 돌리려는 듯이 고개를 저었다.

"거짓말이야. 목숨을 건지고 싶어서 거짓말을 하는 거야!"

"거짓말이 아니다. 전사의 혼을 걸고 맹세하지."

볼티먼드는 왕녀의 기백에 압도당한 건지 무심코 두 손을 앞으로 내밀었다. 하지만⋯⋯.

"거짓말이야!"

왕녀는 금방이라도 볼티먼드의 이마를 검으로 꿰뚫을 듯한 기세였다.

"아아아앗."

볼티먼드는 눈을 꼭 감고 공포에 사로잡혀 비명을 질렀다.

그때 아버지가 자신에게 하려던 말이 무엇이었는지 그녀는 알고 싶었다. 아버지의 바로 옆에 있었던 그들이라면 그 마지막 말을 분명 들었을 것이다.

하지만 그가 거짓말을 하지 않으리라 믿어도 괜찮을까, 그런 망설임도 있었다. 그의 말이 진실인지 아닌지 증명할 수 없다. 입으로는 무슨 말이든 할 수 있다. 그런 것을 위해 오랫동안 준비해 온 복수라는 인생의 목적을 미뤄도 괜찮을까.

그녀는 그런 두 마음 사이에서 갈팡질팡했다. 어느 쪽을 선택해야 할까. 오랫동안 망설였다.

이윽고 그녀는 심호흡하면서 조용히 말했다.

"⋯⋯알았어. 말하면 풀어주겠어. 나도 전사의 혼을 걸고 맹세

할게."

"아…… 아아…… 아아아아아앗……."

볼티머드는 극도의 긴장에서 해방되어 다리가 풀린 건지 그대로 주저앉았다. 그녀는 천천히 검을 내렸다.

"그 대신 진실을 말해. 아버지가 뭐라고 하셨어?"

"……."

볼티먼드는 한동안 고개를 숙이고 있다가 왕녀를 올려다보며 불쑥 말했다.

"……한 마디, 『용서해라』, 라고 했다."

"『용서해라』?"

스칼렛은 강한 충격을 받은 나머지, 동요했다.

"왜? 왜 『용서해라』라고 하신 거야?"

클로디어스의 성에서 열광적인 목소리가 울려 퍼졌다.

고대부터 중세까지의 다양한 시대와 지역의 전사들이 시야를 가득 채우며 집결해 있었다. 대(大) 몽골의 기마병, 중동의 전사, 아프리카의 전사, 중국의 창병, 로마의 중장보병, 게르만 전사, 십자군 기사, 동양의 무사……. 역사상의 정예들이 이 한자리에 모였다. 그들의 함성이 성벽을 뒤흔들었고 천공의 구름에도 닿을 것만 같았다.

클로디어스는 성의 최상층 발코니에 서서 냉혹한 시선으로 아래편을 쳐다보고 있었다. 그야말로 모든 것을 지배하는 독재자로서 그가 통치하는 무수한 전사들 위에 군림하고 있었다. 하지만 그의 얼굴에는 만족감이 어려 있지 않았다. 이만한 군세가 그의 앞에서 부복해 있는데도 그의 야심은 더 먼 곳, 끝없는 땅을 향하고 있었다.

재상 폴로니어스가 차분한 발걸음을 옮겨 왕의 뒤편에 섰다.

클로디어스는 전사들을 내려다보며 낮게 으르렁거리는 목소리로 그를 맞이했다.

"폴로니어스. 너는 언제든 좋은 소식을 가져다줬지."

폴로니어스는 연못 안의 물고기라도 보는 듯한 눈길로 성 아래를 응시했다.

"볼티먼드가 실패한 것 같습니다."

클로디어스는 아무 말도 하지 않았다.

레어티즈가 왕의 뒤편에 섰다.

"걱정하지 마시길. 코넬리우스와 마찬가지로, 따끔하게 벌을 줘서 자기가 무능하다는 것을 깨닫게 해주겠습니다."

폴로니어스는 말을 이었다.

"이제 끝없는 땅에 가고 싶다는 생각을 하지 않을 테지요. 대신 저와 레어티즈가 왕녀를 갈가리 찢어놓겠습니다."

클로디어스는 그저 한 마디를 입에 담았다.

"가라."

두 사람은 고개를 숙인 후 사라졌다.

오오오오오오오오오.

또 전사들의 환성이 하늘을 찌를 듯이 울려 퍼졌다. 왕이 발코니로 나섰다. 그 광경을 본 무수한 전사들이 경외심과 광기에 찬 눈길을 머금더니 그를 향해 손을 뻗으며 고함을 질렀다.

"클로디어스 님."

"저도 끝없는 땅으로."

"끝없는 땅으로 데려가 주십시오."

시야를 뒤덮은 고대와 중세의 아시아, 중동, 아프리카, 유럽 등 다양한 전사들이 간절한 마음으로 손을 뻗었다.

클로디어스 왕은 두 손을 펼치며 전사들의 마음에 부응했다. 두꺼운 갑옷에 감싸인 탄탄한 육체는 전 세계의 운명을 손아귀에 쥔 것처럼 보였다.

"나와 함께하는 자는, 한 명도 빠짐없이 끝없는 땅에 데려갈 것이다."

전사들은 환희의 눈물을 흘리더니 무기를 하늘 높이 치켜들며 절규를 토했다.

"감사합니다, 클로디어스 님."

그중에는 감격한 나머지 쓰러지는 자마저 있었다.

"감사합니다."

"감사합니다!"

끝없는 땅.

그것은 그들이 꿈꿔온 이상향이자 갈망해 마지않는 장소였다. 바랑기아 친위대, 독일 기사단, 무굴제국 중장기병, 고대 로마와 고대 중국의 병사들⋯⋯. 그들은 영원한 약속을 손에 넣은 것처럼 환희했다.

그 열광 속에서 클로디어스는 더욱 힘차게 외쳤다.

"선택받은 전사들이여. 나에게 충성을 맹세해라. 두려워하지 마라. 싸워라."

오오오오오오오오오.

수많은 전사들의 목소리가 하나가 되더니 하늘을 찌를 듯한 굉음이 되어 산속에 울려 퍼졌다.

"우리는 끝없는 땅으로. 끝없는 땅으로. 끝없는 땅으로. 끝없는 땅으로."

클로디어스는 그 갈망을 교묘하게 조종해 자신의 야망을 이루려 했다. 세계를 뒤덮는 암흑의 군대가, 지금 움직이기 시작했다.

이 성 너머에는 끝없는 땅으로 이어지는 산이 있다. 하지만 그 산의 꼭대기는 두꺼운 구름에 뒤덮여서 보이지 않았다.

끝없는 땅에는, 대체 무엇이 있는 것일까?

용서해라

황혼이 고대 유적에 찾아왔다.

낡은 바위기둥이 줄지어 있는 신전 앞의 광장은 영광스러운 과거의 면모는 남아 있지 않았다. 주위에는 정적이 감돌았고 바람이 모래를 옮길 뿐이었다.

기사들은 전부 무기를 빼앗긴 후 지면에 무릎을 꿇고 있었다. 믿기지 않게도 그들 대다수는 아까 전투에서 왕녀 한 사람에게 상처를 입고 말았다. 굴욕과 피로 속에서 그저 멍하니 앞을 바라보고 있을 수밖에 없었다.

스칼렛은 당혹감을 마음속에 숨긴 채 입을 꾹 다물고 있었다.

"『용서해라』……."

아버지의 마지막 말을 이해할 수 없었다. 눈을 감고 발치에 있는 모래를 무의식적으로 짓밟았다.

"만약 아버지가 진짜로 그런 말을 했다고 친다면, 그『용서해라』란 말은 어떤 의미일까?"

"으음."

히지리는 팔짱을 끼더니 신중하게 말을 고르며 대답했다.

"우선 생각할 수 있는 건『죽이지 마라. 용서해 다오』라는 의미야."

"아버지가 죽음을 두려워하며 목숨을 구걸할 리가 없어."

스칼렛은 눈을 내리깔고 그렇게 대답했다. 죽음을 두려워해서는 왕의 소임을 다할 수 없다고 아버지는 몇 번이나 말했었다.

"아니면 실은 말할 수 없는 죄를 지어서, 용서를 구했다."

"말도 안 돼."

그녀는 즉시 고개를 저었다. 아버지가 그런 인간이 아니라고, 그 누구보다도 단언할 수 있다.

"그렇다면, 너는 어떻게 생각해?"

스칼렛은 아버지의 심정에서 생각해 봤다.

"백성을 향해, 못난 왕이라서 미안하다고 말한 것으로 볼 수도 있을 거야."

항상 백성들을 살핀 아버지라면 당연히 그럴 수 있다. 하지만 곧 의문이 샘솟아 미간을 찌푸렸다.

"하지만, 과연 그럴까?"

아버지는 자신을 쳐다보며 그렇게 말했다. 그것은 백성을 향해서 한 말일까?

히지리는 다른 가능성을 제시했다.

"한 명의 아버지로서 생각한다면, 딸인 네가 성장하는 모습을 지켜봐 주지 못해서 미안하다, 이런 아버지를 용서해라, 라고도 볼 수 있을 거야."

"전부 의미가 다르네. 대체 어느 게 진짜일까?"

답을 찾지 못하자 초조함이 샘솟았다. 히지리 또한 무심코 입을 다물었다. 자신이 던진 질문이 갈 곳을 잃은 채 주위를 맴돌았다.

"다르게 해석할 수도 있다."

침묵을 부수듯 뒤편에 앉아 있던 볼티먼드가 입을 열었다.

"······?!"

스칼렛은 숨을 삼키며 뒤를 돌아봤다.

"어디까지나 내 의견인데······. 말해도 되겠나?"

그는 확인을 구하는 눈길로 쳐다봤다.

"······뭐지?"

"『증오하는 숙부, 클로디어스를, 용서해라』."

그 말을 들은 스칼렛은 분노를 숨기지 않고 볼티먼드를 노려보더니, 주먹을 말아쥐었다.

"……왜? 왜지? 숙부는 아버지를 죽이고, 나라를, 백성을, 고향을, 전부 빼앗아 갔어. 그런 극악무도한 남자를 어떻게 용서할 수 있냐고."

"나는 그런 극악무도한 남자를 용서해라, 라는 의미로 들렸다."

"절대로 무리야."

스칼렛은 격렬하게 고개를 저었다.

"나도 그렇게 생각해. 성자라도 무리겠지."

"그렇다면, 왜……."

"하지만 옆에서 그 말을 들은 나는 그렇게 생각할 수밖에 없었다. 그 말에서는 뭐랄까, 왕의 진심 같은 게 느껴졌어."

볼티먼드는 눈을 내리깔면서 생각을 털어놓았다. 그 얼굴에는 진실을 말하고 있는 듯한 솔직함이 감돈다고 히지리는 느꼈다.

하지만 그녀는 짜증에 사로잡히더니 거부하는 태도를 보였다.

"그 진심이 뭔데? 모르겠어."

그녀는 히지리에게 "왜? 대체 왜 용서해야만 하는데?" 하고 물었지만, 히지리도 적절한 대답이 생각나지 않았기에 침묵을 지켰다.

"용서해선 안 되는 상대를, 왜 용서하라고 말한 거야? 왜?"

스칼렛은 따지듯이 그렇게 외쳤다. 하지만 그 질문은 누구에게도 전해지지 않은 채 자기 자신에게 되돌아왔다. 그리고 당혹스러워하며 다시 의문을 입에 담았다.

"대체 왜……?"

다음 날 아침, 기사들은 떠날 준비를 했다. 유적 가장자리에서 짐과 부상자를 말에 싣고 피스타치오 나무의 뿌리 쪽에 있는 샘에서 물을 담았다.

히지리는 그들을 배웅하러 왔다.

"풀어줘도 괜찮나?"

볼티먼드는 뒤를 돌아본 후 빈정거리는 투로 그렇게 말했다.

"부상자를 뺀 이들만으로도 너 정도는 순식간에 박살을 내줄 수 있어."

그 말에는 경고, 그리고 약간의 걱정이 어려 있었다.

하지만 히지리는 온화한 표정으로 고개를 저었다.

"볼티먼드 씨라면 그런 짓을 하지 않아요."

볼티먼드는 의아한 표정으로 고개를 갸웃거렸다.

"잊은 거냐? 나는 너를 총으로 쏘려 했었다."

하지만 히지리는 조용히 손을 내밀면서 악수를 청했다.

볼티먼드는 그 손을 지그시 응시했다. 손은 망설임 없이 그를 향하고 있었다. 이 악수는 회유나 타협이 아니라, 그저 성의를 보이기 위한 악수라는 게 느껴졌다. 그는 다시 히지리의 눈을 쳐다봤다. 그 올곧은 눈빛을 보니 이 남자가 상대방을 믿을 수 있는 강한 마음을 지녔다는 게 느껴졌다. 그는 그런 상대를 싫어하지 않았다. 단순한 선의가 아니라 어쩌면 인간의 본질을 꿰뚫어 보는 눈썰미를 지닌 것일지도 모른다.

"……."

하지만, 볼티먼트는 히지리의 손을 움켜쥐지 않았다. 말없이 표정을 굳히고 히지리에게서 고개를 돌리듯 돌아서더니…….

"가자."

그렇게 병사들에게 말했다.

끝이 보이지 않는 황야에서 메마른 지면 위를 걷는 두 사람의 발소리만이 울려 퍼졌다.

히지리가 앞장을 선 가운데, 스칼렛이 고개를 숙인 채 힘없이 그의 뒤를 따르고 있었다. 히지리는 몇 번이나 뒤를 돌아보며 스칼렛의 얼굴을 살피려 했지만 그녀는 반응을 보이지 않았다. 히지리 또한 어떤 말을 건네야 할지 몰랐고 두 사람 사이에서는 그저 침묵만이 흘렀다.

석양이 황야에 드리워지더니 하늘은 깊은 황혼 색깔로 물들기 시작했다.

조그마한 모닥불을 피운 히지리는 불길을 서서히 키우면서 스칼렛의 뒷모습을 조용히 응시했다.

모래 먼지가 피어오르는 가운데, 스칼렛은 머나먼 곳에 있는 무언가를 갈구하듯이 지는 해를 지그시 응시하고 있었다. 가슴속에는 답을 찾지 못한 의문이 진한 그림자를 드리우고 있었다.

"이제까지, 나는 뭘 위해서 살아온 거지……?"

작은 목소리로 그렇게 중얼거린 그녀는 그날의 기억을 떠올리며 살며시 눈을 감았다.

*

아버지는 처형대에서 자신 쪽을 쳐다보며 필사적으로 고함을 질렀다.

예전에는 사람들의 동요한 목소리에 파묻혀 들리지 않았던 목소리가, 지금은 아버지의 모습과 포개지면서 선명하게 들렸다.

『용서해라.』

그녀는 "왜?" 하고 물었다.

아버지는 분명히 그렇게 말했다.

『용서해라』라고 말이다.

그녀는 천천히 눈을 떴다.

"……?"

주위를 둘러보니 그녀는 어느새 조용한 숲속에 서 있었다. 하늘은 옅은 구름으로 뒤덮여 새하얗게 보였다.

숲의 나무들을 비추는 호수에는 잔잔한 파문이 일렁이고 있었다. 발치에 있는 파문의 중심에 자기 얼굴이 비쳤다. 그녀는 물에 비친 자신을 응시했다.

스칼렛이 서툴게 그린 아버지의 그림을 본 아버지가 행복하게 웃으며 칭찬해 준, 그 나날이 그립다. 하지만 그로부터 며칠 지나지 않아 아버지는 처형대에 섰다. ……그때 느낀 고통, 무력감.

가슴이 아파 왔다. 눈물이 배어 나왔다. 하지만 아버지는 잡혀와 자유를 빼앗긴 상태에서도 몇 번이나 외쳤다.

『용서해라』.

그녀는 참다못해 수면에 비친 자기 자신에게 물었다. "왜?" 하고 말이다. 하지만 수면에서는 계속 파문이 일기만 할 뿐 질문에 답해주지 않았다. 왜 용서해야만 할까? 무릎을 꿇고 거울처럼 자기 얼굴이 비치는 수면을 향해 고개를 내밀었지만, 답은 찾을 수 없었다.

폴로니어스 일당이 일제히 휘두른 검에 아버지는 목숨을 잃었다. 괴롭다. 분하다. 그래도, 아버지의 목소리가 계속 들려왔다.

『용서해라』.

수면을 향해 몸을 내밀고 거기에 비친 자신에게 계속 물었다.

"이제까지, 아버지의 원수를 갚을 생각만 했어……."

그 질문이, 자기 자신을 뒤흔들면서 가슴을 무겁게 짓눌렀다.

답을 찾기 위해 수면에 닿을락 말락 할 정도로 얼굴을 내밀었다.

"그런데……."

차가운 물이 볼에 닿자 스칼렛은 그대로 호수 안에 빠져들었다. 그 순간, 걸치고 있던 검은색 방어구는 어느새 새하얀 꽃으로 된 드레스로 변했다.

물속 깊이 빠져들면서 과거의 기억에 빠져들었다.

어릴 적에 그린 아버지의 그림— 그것을 거트루드가 찢은 장면을 떠올렸다. 그림이 갈가리 조각난 채 그녀의 앞에서 흩날렸다.

하지만, 아버지는 말했다.

『용서해라.』

이번에는 클로디어스의 냉혹한 미소가 떠올랐다. 독이 온몸에 퍼져나가는 감각에 휩싸여 있는데도 아버지의 목소리가 들려왔다.

『용서해라.』

목소리가 뇌리에서 계속 메아리치더니 그녀를 풀어주기는커녕 더욱 깊은 어둠 속으로 끌고 들어갔다.

『용서해라…….』

깊은 물밑에는 바닥을 알 수 없는 구멍이 깔때기처럼 입을 쩍 벌리고 있었다. 그것은 광산의 거대한 노천 채굴장처럼도 보였고, 혹은 단테 알리기에리가 『신곡』에서 그린 지옥의 구렁텅이처럼도 보였다.

최심부로 빠져드는 그녀를 기다리고 있었던 것은 기묘한 광경이었다.

후드로 얼굴을 가린 두 남자가 나무로 된 조악한 삽으로 흙을 파고 있었다. 지면에는 수없이 많은 구멍이 나 있었고, 금방이라도 바스러질 것 같은 나무 상자가 산더미처럼 쌓여 있었다.

스칼렛은 목 안에서 샘솟아 오르는 불안을 억누른 후 용기를 쥐어 짜내 그들에게 물었다.

"……뭐 하는 거야?"

오른편의 남자가 삽 끝으로 나무 상자를 가리켰다.

"내용물을 보고 싶나?"

"내용물?"

그녀는 당황했다. 나무 상자의 안을 말하는 것일까.

"알렉산더."

왼편의 남자가 영어 발음으로 말했다.

"뭐?"

"시저."

오른편의 남자가 다른 방향을 가리켰다.

"설마……."

그들은 무덤을 파는 무덤꾼들이었다. 나무 상자로 보인 것은 관이었다. 그들은 천천히 고개를 돌려서 스칼렛을 쳐다봤다. 후드 아래로 해골 느낌이 나게 흰색과 검은색으로 화장한 얼굴이 드러나더니 불길한 웃음을 흘렸다.

"이건 얼마 안 됐는걸."

왼편의 무덤꾼이 지금 묻고 있는 관을 거무스름한 손으로 만졌다.

"어?"

"네가 알고 싶어하는 인간이지."

스칼렛은 화들짝 놀라면서 관을 쳐다봤다.

"설마……? 설마 아버지가……?"

무덤꾼들은 히죽 웃은 후 관에 쇠 지렛대를 대고 녹슨 못을 뽑았다.

"아버지, 아버지."

금속과 나무가 삐걱거리는 소리를 내자 그녀의 심장이 크게 뛰었다.

"『용서해라』라는 게 무슨 소리예요? 모르겠어요."

관을 향해 고함을 질렀다.

"아버지, 아버지…… 히히히."

무덤꾼들이 심술궂게 그녀가 한 말을 따라 하면서 웃었다. 하지만 그녀는 계속 고함을 질렀다.

"가르쳐주세요, 아버지."

못이 전부 빠지고 드디어 뚜껑이 열렸다.

"아버지!"

하지만 관 안에는 아무것도 없었다. 자기 그림자가 관 밑바닥에 드리워질 뿐이었다. 그녀는 망연자실하게 자신의 그림자를 응시했다. 등 뒤에서 무덤꾼들의 진흙투성이 손이 소리 없이 다가오고 있다는 것을 눈치 못 챈 채…….

"아얏."

등을 떠밀린 그녀는 관 안으로 밀려들어갔다. 드레스에서 떨어져 나온 새하얀 꽃잎이 흩날렸다.

깜짝 놀라며 돌아보니 환한 미소를 머금은 무덤꾼들이 관의 뚜껑을 들고 다가오고 있었다. 그녀는 필사적으로 손을 뻗었지만 관의 뚜껑은 덮이고 말았다.

"네가 알고 싶어하는 건……!"

"너 자신이야!"

안에 스칼렛을 가둔 채 관뚜껑은 완전히 닫히고 말았다.

"아아아아아아아아아!"

*

"……헉?"

스칼렛은 심장이 격렬하게 뛰는 것을 느끼며 벌떡 일어났다.

가슴을 움켜쥐면서 가쁜 숨을 내쉬었다. 악몽을 떨쳐내려는 듯
이 자기 이마를 떨리는 손으로 몇 번이나 때렸다. 차가운 땀이 얼
굴을 타고 흘러내리더니 머리카락이 볼에 들러붙었다.

"으으…… 으…….'

떨면서 눈을 감고 망토 이외에는 아무것도 걸치지 않은 상태인
자신의 어깨를 끌어안았다. 기댈 곳 없는 이의 괴로움에 떨며 그
저 몸을 웅크릴 수밖에 없었다.

땅거미가 진 모래 언덕에 푸른색 그림자가 드리워졌다.

모닥불 앞의 히지리가 류트를 무릎 위에 두고 조용히 연주했다. 그 음색은 먼 곳에서 들려오는 조그마한 속삭임처럼 어둠에 녹아들었다.

스칼렛은 후드를 머리부터 뒤집어써서 망토처럼 걸친 채 불안한 심정으로 모닥불 앞에 앉았다. 불빛이, 창백한 그녀의 얼굴을 비췄다.

히지리가 류트의 음색이 끊기지 않도록 계속 연주했다.

그녀는 자신의 팔을 끌어안으며 떨리는 몸을 억누르더니 여행으로 지친 공허한 눈으로 불꽃을 응시했다. 이제까지 본 적 없는 공포와 의문에 휩싸여 있었다. 앞으로의 미래가 눈앞에 펼쳐진 사막처럼 한없이 불확실하게 느껴졌다.

히지리의 손가락 끝이 류트의 현을 상냥히 매만졌다.

"네가 만약 지금과 전혀 다른 식으로 살아왔다면 어떨까?"

"……?"

스칼렛은 그 말을 듣고 눈만 움직여서 히지리를 쳐다봤다.

히지리가 연주하는 음색이 밤의 공기를 평온하게 만들었다.

"거리를 걸으면서 아이스크림을 먹고, 가로수 아래의 카페에 앉아 수다를 떨며, 가게 진열장을 둘러보는……."

"……미안하지만 다른 세계의 이야기를 해봤자 이해 못해."

그녀는 말을 끊더니 자기 마음을 억누르려는 듯 조용한 어조로 말을 이었다.

"나를 불쌍하게 여기는 거지? 하지만 나는 내가 불행하다고 생각하지 않아. 불행하다고 생각해 봤자 소용없어. 그게 내 인생인걸."

스칼렛은 모닥불을 응시하면서 스스로에게 말하듯 그렇게 중얼거렸다.

히지리는 류트를 연주하며 눈만 움직여서 그녀를 쳐다봤다.

"한 번 더 죽는다면, 이번에야말로 완전히 사라지는데도 말이야?"

"무섭지 않아. 아버지의 복수만 할 수 있다면, 지금 바로 사라져도 괜찮아."

운명을 받아들인 자의 각오였다. 고독을 꺼리지 않는 것이다.

히지리는 류트를 연주하며 말했다.

"들어봐. 머나먼 미래에 유행하는 노래야."

그리고 조용히 노래를 읊조리기 시작했다.

사랑에 관해 가르쳐줘
누구나 알고 있는 기적

이 가슴을 가득 채워

스칼렛은 천천히 히지리를 쳐다봤다. 그 노래는 언젠가 히지리가 불렀던 노래라는 게 생각났다. 모닥불의 불길이 바람에 흔들렸다.

사랑의 모든 것을 가르쳐줘
내가 살아가는 의미를
마음을 잃어버리기 전에

그녀의 주위에서 바람이 피어올랐다. 바람은 머리카락과 망토를 펄럭이게 했다. 그녀는 히지리를 계속 응시했다.

사랑의 모든 것을 알고 싶어
어딘가에 숨겨져 있는 비밀
그 열쇠를 찾아줘

모닥불의 불길이 춤추듯 격렬하게 소용돌이쳤다. 스칼렛의 의식은 순식간에 그 불길 속으로 빨려 들어갔다.

"……아……."

시야가 새하얀 빛으로 가득 찼다. 자신이 어디에 있는지도 알 수 없었다. 몸이 무중력 상태로 떠 있는 느낌이 들어서 그저 흐름에 몸을 맡길 수밖에 없었다.

"……아아……."

정신을 차리자 스칼렛은 찬란한 빛으로 가득 찬 불가사의한 터널 안을 고속으로 나아가고 있었다. 커다란 눈동자에 수많은 빛의 입자가 반사하고 있었다. 머리카락 또한 심하게 흐트러졌지만 그래도 눈을 감을 수 없었다. 하염없이 무언가에 인도되듯 전방의 빛을 응시했다.

가속되는 흐름 속에서 주위의 빛과 그림자가 소용돌이를 그리듯 변형되며 현실감을 뒤흔들었다. 시간과 공간, 그리고 자기 몸 또한 그 빠른 속도에 찢겨나가듯 일그러졌다. 물리법칙을 초월한 어지러운 광경이었다.

"……아아………… 아……."

주위가 어지럽게 변화하더니 과거에 그녀가 알던 모든 것이 꿈처럼 흐릿해졌다. 이 끝없는 흐름 속에 대체 무엇이 있는 것일까?

속도가 극한에 도달한 순간, 빛이 단숨에 시야를 감쌌다. 의식이 격렬한 빛과 함께 어딘가 머나먼 곳으로 날아갔다.

갑자기 터널을 빠져나가자 그곳에는 푸른 하늘이 펼쳐져 있었다. 정신을 차리니 스칼렛은 바다 위를 날고 있었다. 마치 의식만이 철새에게 옮겨진 것처럼 말이다.

"아아아……."

상쾌한 햇살. 새하얀 구름. 잔잔한 바람이 가져다주는 바다 향기. 불가사의한 터널을 지난 후에 보이는 친숙한 자연의 광경에 그녀는 안도했다.

하지만 몸을 비틀자, 전혀 다른 것들이 보였다.

"아……."

놀라울 정도로 높게 솟은 빌딩 숲이 지상을 뒤덮고 있었다. 수많은 인공 건축물이 지평선 너머까지 뒤덮고 있는 그 광경을 보니 말문이 막혔다. 그녀가 알고 있는 세계와는 너무나도 딴판이었다. 아마 이것은 머나먼 미래의 대도시라는 것을 직감적으로 눈치챘다. 역사 너머에 존재하는 상상조차 못 해본 풍경이 지금 눈앞에 펼쳐져 있는 것이다. 정말 거대한 문명이다. 놀라움과 함께 그녀의 의식은 고층 빌딩과 고층 빌딩 사이로 내려갔다.

고도를 낮추며 가로수를 지나치자 넓은 간선도로의 내리막길이 보였다. 나무와 유리를 조합해서 만든 새로운 빌딩들이 공중에 설치된 복도로 이어져 있었다. 간판에 알파벳으로

「Miyamasuzaka」라고 적혀 있었다.

수많은 사람들이 차도를 가득 채운 채 몸을 흔들며 환성을 지르는 것처럼 보였다. 거리의 신호와 전광판이 음악에 맞춰 반짝이고 있었다.

철도의 고가도로를 지나 초고층 빌딩 숲에 둘러싸인 역 앞의 광장이 보였다. 그곳은 「Shibuya Scramble Crossing」이라는 곳으로 이 거리의 축제 장소 같아 보였다.

수많은 사람들이 그곳에서 춤추고 있었다.

"아아……."

스칼렛은 숨을 삼켰다. 이런 세계도 있는 것인가.

인종도, 피부색도, 나이도, 성별도, 직업도, 출신도 다른 이들이 같은 음악에 몸을 맡기고 있었다. 다들 발을 흔들고 팔을 뻗으며 기쁨에 찬 표정을 짓고 있다. 사람들이 입은 컬러풀한 옷이 거리 전체를 화사하게 꾸며주고 있었다.

그 안에서 낯익은 이를 발견했다.

"히지리……?"

그 사람은 히지리가 틀림없었다.

다른 이들과 마찬가지로 밝은 색상의 셔츠를 입고 광장 중심에서 춤추고 있다. 원외 의료용 제복을 입은 그와는 딴 사람처럼 보였다. 하지만 그 얼굴에서는 항상 그녀에게 보여주는 온화함과 상냥함을 찾을 수 있었다.

히지리가 가볍게 스텝을 밟으면서 이동했고 누군가를 향해 손짓했다.

거기에 맞춰 한 여성이 춤을 추며 교차로 중심으로 나왔다.

무릎 위까지 오는 경쾌하고 심플한 느낌의 감색 원피스. 가벼운 느낌의 연분홍색 쇼트 보브 헤어스타일. 민소매라 훤히 드러난 팔을 펼치면서 힘차게 춤췄다.

그 여성의 얼굴을 본 스칼렛은 자신의 눈을 의심했다.

"저건, 나……?"

그 여성은 스칼렛 자신이었다.

히지리의 시대에 살고 히지리의 시대의 옷을 입었으며 히지리의 시대의 음악에 맞춰 춤추는, 또 한 명의 자신이 있었다. 피부가 훤히 드러난 팔과 다리를 대담하게 놀리고 원피스 자락을 펄럭이면서 몸을 탄력적으로 회전시켰다. 이 세상의 온갖 기쁨을 즐기며 찬란히 빛나고 있는 것처럼 보였다.

"또 한 명의…… 나……."

스칼렛은 멍하니 자기 자신을 쳐다보았다.

또, 그 노래가 들려왔다.

사랑에 관해 가르쳐줘

누구나 알고 있는 기적

이 가슴을 가득 채워

사랑의 모든 것을 가르쳐줘

내가 살아가는 의미를

마음을 잃어버리기 전에

풀 죽지 마 미소를 보여줘 하며 새가 노래해

눈물을 흘린다면 닦아주겠어

새로운 아침이 내일을 비춰

언제 어느 때나

자기 자신과 전혀 다른 인생을 살고 있는 자기 자신이 있다. 진흙 범벅도, 피범벅도 아니다. 이제까지 자신이 이어온 복수의 여행과 아무런 연관이 없는 자기 자신. 상상조차 하지 않았던 자신과는 전혀 다른 자신의 가능성을, 두 눈으로 보고 말았다.

사랑에 관해 가르쳐줘
누구나 알고 있는 기적
이 가슴을 가득 채워

사랑의 모든 것을 알고 싶어
어딘가에 숨겨져 있는 비밀
그 열쇠를 찾아줘

또 한 명의 자신을 보자 다양한 감정이 마음속에서 소용돌이쳤
다. 선망, 놀라움, 슬픔. 복수밖에 생각하지 못하는 차가운 얼굴이
아니라, 순수한 기쁨으로 가득 찬 얼굴. 무거운 짐을 짊어진 모습
이 아니라, 유연하고 가벼운 댄스. 그것은 스칼렛이 이제까지 자
신에게 허락되지 않는다고 여겼던 모습이었다.

수많은 만남 끝없는 흐름 속에서
당신과 만나는 약속의 때에

보이는 모든 것이 찬란히 빛나며
다시 태어나

저 바람과 비와 무지개를 전부 노래로 바꿔서
세상은 이렇게도 아름다워.
나 자신이여 싹터라
있는 그대로의 모습으로

나에게도 저런 미소가 있는 걸까.

스칼렛은 자신의 마음이 해방되는 느낌에 휩싸였다. 이제까지 느낀 적 없는 감정이었다. 그것은 자기 자신의 가능성을 깨닫는 일이었다. 자신이 정말로 바라는 것이 무엇인지, 처음으로 이해하기 시작했다.

수많은 사람들이 한목소리로 노래했다.

사랑에 관해 가르쳐줘
누구나 알고 있는 기적
이 가슴을 가득 채워

사랑의 모든 것을 가르쳐줘
내가 살아가는 의미를
마음을 잃어버리기 전에

사랑에 관해 가르쳐줘

누구나 알고 있는 기적

이 가슴을 가득 채워

사랑의 모든 것을 알고 싶어

어딘가에 숨겨져 있는 비밀

밝혀내어 보여줘

다시 찬란한 빛에 휩싸였다.

"……아아……."

눈을 뜨자 찬란한 빛의 터널이 눈앞에 펼쳐져 있었다. 무중력 속에 떠 있는 감각 속에서, 시간과 공간을 초월한 장소를 향해 엄청난 속도로 다시 나아갔다.

"……!"

스칼렛의 의식이 순식간에 원래 장소로 돌아갔다.

모닥불이 타오르는 소리가 들려왔다.

각성 상태에서 단숨에 깨어나는 감각 탓에 자신이 누구인지조차 모르게 됐다. 천천히 보이기 시작한 것은 모닥불의 옅은 빛에 비친 황야의 밤이었다.

그녀는 쓰러진 채 히지리에게 안겨 있었다.

히지리의 안도 섞인 목소리가 들려왔다.

"갑자기 의식을 잃었어."

그 진동과 체온이 몸을 통해 느껴졌다.

그녀는 먼 곳을 쳐다보며 아직 꿈속에 있는 듯이 중얼거렸다.

"봤어……. 히지리가 사는 시대……. 시간을 여행했어……."

처음으로 체험한 것을 소중한 사람에게 전하지 않고는 참을 수
없는 흥분 탓에 떨리는 목소리로 더듬더듬 말했다.

"정말이야?"

히지리가 그렇게 묻자 스칼렛은 이제까지 보여준 적 없는 환한
미소를 지었다. 얼어붙어 있던 혼이 갑자기 녹은 것처럼 말이다.

"그리고…… 히지리는 춤을 잘 추더라."

스칼렛은 그렇게 말하면서 자기 볼이 달아오르는 것을 느꼈다.

히지리는 쓴웃음을 머금으며 고개를 저었다.

"그건 분명 내가 아냐."

"아니, 나를 이끌어줬어. 정말 기뻤지 뭐야……."

그 순간을 떠올린 그녀는 확신에 찬 눈길로 히지리를 응시했
다. 그런 그녀의 눈에서 커다란 눈물방울이 흘러내렸다.

"만약 다른 시대에 태어났다면, 지금도 다른 자신이 됐을까······?"

그녀는 떨리는 목소리로 물었다. 오랫동안 봉인해 온 감정이 둑이 무너진 것처럼 터져 나왔다.

"그랬다면 지금까지 고통과 울분 속에서 포기해야 했던 것들을, 포기하지 않아도 됐을까······?"

복수에 인생을 바쳐오면서 자신이 잃었던 것을 이제는 똑똑히 알고 있다. 인생의 의미, 아버지를 향한 마음, 그리고 자기 자신이 어떻게 살아야 하는가. 모든 것을 다시 따져보고 있는 느낌이 들었다.

떨리는 입술로 어린애처럼 무방비한 상태에서, 히지리의 원외 의료용 제복 자락을 꼭 움켜쥐었다.

그런 그녀의 절실함이 히지리의 가슴을 때렸다.

"스칼렛. 울지 마. 내가 곁에 있어. 그러니, 그만 울음을 그쳐."

히지리가 그렇게 말했고 스칼렛은 진심으로 구원받은 느낌에 휩싸였다. 그녀는 자신의 마음에 따라 히지리의 머리에 두 팔을 둘렀다. 그의 온기가 자신의 존재를 붙들어주는 닻처럼 느껴졌다. 히지리 또한 그 마음에 답하듯 그녀를 끌어안았다. 젖은 피부와 피부가 처음으로 맞닿았다. 히지리에게 안긴 스칼렛은 이제까지 느껴본 적 없는 새로운 경험을 했다.

그날 밤, 그녀의 운명은 크게 달라졌다. 인생이라는 것의 의미를 받아들이고 사랑이라는 수수께끼를 푸는 열쇠를 발견한 듯한 고양감을 맛봤다.

해뜨기 전의 하늘 바다는 조용히 색깔이 변해가고 있었다.

스칼렛은 머나먼 바다 너머에서 밝아오는 하늘을 지그시 응시했다.

아침 햇살이 지평선을 물들이기 시작하자 그녀의 뇌리에는 환상 속에서 봤던 짧은 머리의 자신이 선명하게 떠올랐다.

이제까지의 자신과는 다르지만 분명 자기 자신의 모습이었다.

그녀는, 결연히 단도를 뽑아 들었다.

"……."

웨이브진 긴 머리카락을 움켜쥐고 단검의 칼날로 단칼에 잘랐다.

스칼렛은 새로운 자기 자신을 받아들일 각오를 다졌다. 자른 머리카락과 함께 복수를 향한 집착 또한 가슴 속에서 떨어져 가는 것 같았다.

아침 해가 떠오르며 새로운 그녀를 비췄다.

스칼렛은 다시 머나먼 하늘을 응시했다.

시장

끝없는 땅으로 이어지는, 성스러운 산.

그 기슭에 거대한 시장이 열렸다. 여기서부터 산으로 올라가는 사람에게 필요한 물건을 취급하는 수천 개의 노점이 줄지어 존재했고, 수많은 사람들의 웅성거림이 뒤섞이면서 혼돈스러운 에너지가 넘쳐흘렀다.

각각의 가게 앞에 사람들이 긴 줄을 형성했다. 수많은 역사적인 무기와 방어구를 팔고 사는 그 광경은 압권이었다. 고대의 가죽 갑옷이 아침 햇살을 받아 빛났고, 중세의 검이 바람을 갈랐으며, 근세의 총이 화약 냄새를 풍겼다. 기원전의 희소한 검. 고대의 문양이 깊숙하게 조각된 방패. 섬세하게 세공된 태고의 창과 활. 이런 곳보다는 미술관이나 박물관이 어울리는 물건도 적지 않았다.

사람들은 돈을 주고 원하는 물건을 손에 넣었다. 이용하는 사람의 수만큼, 시대와 지역이 다른 수많은 종류의 돈이 존재했다. 하지만 불가사의하게도 여기서는 각 화폐의 절대적 가치가 정해져 있는 건지, 환전하지 않고도 거래가 가능했다. 다양한 시대와 지역의 언어를 쓰는 사람들이 이곳에서는 통역 없이 대화를 나눌 수 있는 것과도 비슷했다.

검을 가는 숫돌차 앞에는 모피 모자를 쓴 몽골의 전사가 검을 손에 쥔 채 차례를 기다리고 있었다. 옆에 있는 셀주크 왕조의 전사는 눈부신 비단 로브를 걸치고 허리에 휘어진 칼을 차고 있었다.

"어이, 몽골 친구여."

셀주크 왕조의 전사가 말을 건넸다.

"그대의 검술 솜씨는 소문대로인가?"

몽골 전사는 자랑스레 가슴을 폈다.

"초원의 바람처럼 빠르고, 번개처럼 정확하지. 하지만 그대의 칼도 멋진 빛을 뿜고 있는걸."

"이 검의 곡선미를 봐라."

아바스 왕조의 이슬람 전사가 말했다.

"사막의 바람을 타고 적을 베어 넘기기에 안성맞춤이다."

중기 십자군 전사는 고개를 갸웃거렸다.

"확실히 아름답군. 하지만 우리의 검으로 날리는 일격은 신의 분노 그 자체야."

이 두 사람이 어깨를 나란히 하고 검을 고르는 광경은 역사의 아이러니처럼도 보였다.

활과 크로스보우를 시험해 볼 수 있는 노점 앞에는 영국 플랜테지넷 왕조의 롱보우 전사와 게르만족 앵글로색슨인이 활 솜씨를 겨루고 있었다.

"네 활은 내가 이제까지 본 활 중에 가장 길군."

앵글로색슨인이 그렇게 놀라면서 말했다.

영국인은 의기양양한 목소리로 대답했다.

"이게 바로 백년전쟁을 제패한 비밀 병기지. 시험해 보겠나?"

옆에서는 제노바 공화국 사람이 손에 쥔 크로스보우를 정밀하게 조정했고, 아케메네스 왕조 페르시아 전사는 활을 당기며 그 동작을 모방했다.

시장 한편에서는 쿠샨 왕조 전사가 제정(帝政) 로마 전사와 창술을 겨루고 있었다.

"인도의 창은 가벼워서 다루기 쉬운걸."

로마인이 그렇게 감탄하자 인도인은 미소 지었다.

"로마의 창진은 소문대로 견고하군. 서로의 기술을 배우자고."

게르만인 수비족 전사는 창이 얼마나 날카로운지 확인하려는 듯이 날을 신중하게 살펴보고 있었다. 프랑크족 전사는 등 뒤에서 관찰하면서 자신의 창을 닦고 있었다.

안쪽으로 가보니 총병들이 모여 있었다. 스위스의 권총병, 오스만제국의 아자브 병, 인도의 무굴 총병 등, 온 세상의 총병들이 최신 화기에 관해 뜨거운 논의를 펼치고 있었다.

"이 화승총은 정말 정밀하잖아."

스페인의 콩키스타도르가 말했다.

"그래."

러시아의 코사크병이 동의했다.

"하지만 우리의 총은 한랭지에서도 문제없이 발사되지."

이렇게 시대를 뛰어넘은 기술 교류가 곳곳에서 벌어지면서 시대와 문화의 경계선이 녹아내리고 있었다. 그것은 혼란스럽지만 불가사의하게도 역사가 시간 속에서 쌓여 간다는 것을 보여주고 있었다. 사람들은 새로운 장비와 지식, 그리고 뜻밖의 우정을 가슴에 품으면서 공통된 적인 클로디어스 군과의 결전을 준비했다.

왕정, 공화정, 제정으로 이어지는 역대 로마 시민들이 한자리에 모여 무장을 한 채 보리죽을 홀짝이고 있었다.

"이것이야말로 로마군의 진정한 식사지."

왕정시대의 군단병이 의기양양한 어조로 그렇게 말했다.

그러자 공화정 로마의 백인대장이 자기 그릇을 보면서 대꾸했다.

"하지만 갈리아 원정 때 맛 본 지방 요리의 맛은 잊을 수 없어. 그것이야말로 병사의 활력이 됐거든."

"호사는 우리를 약하게 만든다."

제정 로마의 노련한 군단병이 눈썹을 모으고 그렇게 말했다.

"스키피오 아프리카누스도 이렇게 검소한 식사를 했을 거야."

보조병 청년이 호기심에 찬 눈으로 그들을 둘러보며 물었다.

"카이사르는 호화로운 향연을 열었다고 들었어요."

노련한 군단장은 대답했다.

"평화로운 시대에는 호사도 용서되지. 하지만 우리들 병사에게는 이 검소한 보리죽이야말로 진정한 식사였어. 이것만 있으면 그 어떤 난관도 극복할 수 있지."

그들의 대화는 시대는 달라도 공통되는, 꾸밈없이 성실하고 굳세며 씩씩한 로마의 정신을 단적으로 비추고 있었다. 식사를 마친 병사들은 빈 목제 그릇을 허리춤에 걸더니 다시 대열을 짜기 시작했다.

시장의 중심부에서 우마이야 왕조, 아이유브 왕조, 맘루크 왕조 등의 이슬람교도 시민들이 눈부신 방어구를 몸에 걸친 채 앉아 있었다. 커다란 공유 접시에는 그윽한 향기가 감도는 요리가 담겨 있었다.

"살라딘의 전략은 확실히 뛰어나지만……."

그렇게 말한 아이유브 왕조의 전사가 진홍색 석류 열매를 빵으로 감쌌다.

"다양한 요소를 융합시키는 것이야말로 진정한 승리로 이어지는 길이지."

"동의할 수밖에 없겠는걸."

우마이야 왕조의 병사가 황금색으로 빛나는 후무스를 피타빵에 듬뿍 발랐다.

"우리 왕조의 확대 정책으로도 다양한 문화를 받아들이는 데 성공했지."

맘루크 왕조의 기병은 향긋한 양고기를 오른손으로 집어 들며 말했다.

"너희의 말도 이해는 하지만, 때로는 이 양고기처럼 대담한 한 수가 필요할 때도 있어. 미래는 전통과 혁신의 균형에 달려 있거든."

전략 논의는 다양한 시대의 요소가 뒤섞이면서 풍부한 맛을 자아내고 있었다.

시장 한편의 노점에서는 불교 승병들이 선 채로 죽을 먹고 있었다. 그들의 가사는 시대와 지역에 따라 다양했지만 그들 모두에게 감도는 정숙한 분위기가 이 소란 속에서 불가사의한 조화를 자아내고 있었다.

아쇼카 왕 시대의 승병이 콩과 쌀로 만든 검소한 죽인 키치리를 입으로 가져가면서 말했다.

"이 죽이야말로, 몸과 정신의 조화를 가리킵니다."

고려의 승병이 정진(精進)죽을 먹으며 미소 지었다.

"먹는 음식은 다르지만 근본이 되는 사상은 같군요. 우리나라의 정진죽 또한 모든 존재의 평등성을 가리킵니다."

티베트의 성실해 보이는 청년승이 물었다.

"저희는 무기를 들고 이제부터 싸우려 합니다. 석가께서는 평화의 이상에 반하는 행위라고 말씀하시지 않을까요?"

불경을 얻기 위해 기나긴 여행을 경험했다고 하는 당나라의 고승이 대답했다.

"때로는 자신과 약자를 지키기 위해서 싸움을 피할 수 없을 때도 있소이다. 어쩔 수 없이 싸워야만 할 때도 항상 자비로운 마음을 품고, 최소한의 해만 끼치며 화해와 치유를 목적으로 삼아야 할 테지요. 부드러우면서도 영양분이 가득 담긴, 이 죽처럼 말입니다."

식사를 마친 승병들은 각자의 예법으로 그릇을 씻었다.

히지리 또한 방어구를 구하려고 시장을 둘러보고 있었다. 아시아 지방의 방어구가 놓인 노점 앞에서 걸음을 멈추었고, 그 안에서 일본의 궁수용 팔목 보호대를 발견한 히지리는 눈을 떼지 못했다. 점주에게 양해를 구하고 착용해 보니 그 팔목 보호대는 그의 팔에 딱 맞았다. 좋은 물건이었다. 하지만 히지리는 이것을 살 현금을 가지고 있지 않았다.

"그것과 교환하지 않겠나?"

점주는 히지리가 어깨에 메고 있던 류트를 쳐다봤다.

히지리는 주저했다. 그것은 류트를 연주하던 여성에게 받은 선물이다. 하지만 이 팔목 보호대는 앞으로의 싸움에서 꼭 필요할지도 모른다.

"반드시, 걸맞은 주인에게 전달하겠네."

점주가 그렇게 말하자 히지리는 깊은 한숨을 내쉬면서 류트를 내밀었다.

"소중히 다뤄 주세요."

점주는 미소를 지으면서 류트를 받고 그 대신 팔목 보호대를 히지리에게 건네줬다.

스칼렛은 시장 변두리에서 조용히 준비하고 있었다.

검을 날카롭게 다시 갈고 새로 입수한 아마포 셔츠로 갈아입었다. 상처를 보호하기 위해 정강이를 보호하는 레그 가드를 왼팔 붕대 위에 장착하고 끈으로 고정했다.

하지만 짧게 자른 머리카락에는 아직 익숙해지지 않았다. 왠지 자기 자신이 아닌 것 같은 느낌이 들었다. 그녀는 앞으로 어떻게 할지 마음을 정하지 못했다. 자신의 사명은 무엇일까. 진정한 행복은 무엇일까.

"저기."

느닷없이 목소리가 들려온 바람에, 스칼렛은 화들짝 놀라며 뒤를 돌아보았다.

더러운 옷을 입은 열 살가량의 소녀가 손에 스카프를 쥔 채 스칼렛을 향해 환한 미소를 짓고 있었다.

소녀의 피부는 때가 탔고, 이빨도 빠졌으며, 옷 또한 곳곳이 헤어져 있었다. 소녀의 한참 뒤편에서는 머리카락을 히잡으로 감싼 젊은 여성이 한 손에 광주리를 들고 이쪽을 쳐다보고 있었다. 두 사람은 행상인이었다. 여성은 반쯤 뜬 눈으로 상사가 일하는 부하를 감시하듯 쳐다봤다. 건너편의 슬럼가에는 다 쓰러져 가는 오두막이 줄지어 있었다. 이 소녀는 거기서 사는 게 틀림없다.

소녀는 눈을 반짝이며 물었다.

"언니, 공주님이야?"

"……아냐."

스칼렛은 짤막하게 답한 후 소녀와 눈높이를 맞추기 위해 몸을 웅크렸다. 이 소녀의 단정하게 땋은 빨간 머리카락을 보니 어릴 적의 자신을 보는 것 같았다.

"어~? 너무 예뻐서 공주인 줄 알았어."

소녀는 어린애 같은 순수한 미소를 지었다. 스칼렛은 가슴 깊은 곳에서 꿈틀거리는 무언가를 들키지 않기 위해 억지 미소를 지으며 고개를 저은 후 조그마한 금화 한 닢을 꺼내서 소녀에게 쥐여줬다. 소녀는 그 돈의 대가로 소박한 문양이 수놓인 빨간색 스카프를 스칼렛의 목에 매줬다. 목 아래편에 맨 후 스카프의 귀부분을 손가락으로 단정하게 손봐줬다.

"나, 실은 공주님으로 태어나고 싶었어. 언니도 그렇지? 안 그래?"

스칼렛은 모호한 미소를 머금으며 흘려넘겼다. 왕녀로 태어난 결과가 이 꼬락서니냐, 하고 마음속으로 생각했다. 자기 권력을 지키기 위해 타인을 의심하고, 모략과 암살을 두려워하며, 궁전이라는 감옥에서 덜덜 떠는 것이 바로 왕족과 귀족의 실태다. 자신도 복수심에 젖은 나날을 보낸 탓에 공주님다운 눈부신 기억은

단 하나도 없다. 결국 왕녀란 그런 존재에 지나지 않는 것이다.

하지만 소녀는 동경심으로 가득 난 눈빛을 머금고 말했다.

"만약 내가 공주님이라면, 꼭 하고 싶은 일이 있어."

"……뭐니?"

"우리 같은 애들이 죽지 않는 세상을 만들 거야."

느닷없이 그 말을 들은 순간, 스칼렛은 심장이 크게 뛰었다. 너무 큰 충격을 받은 탓에 온몸이 덜덜 떨렸다. 동요로 인해 눈물이 솟구쳤다.

이것이 자신의 진정한 사명이 아닐까.

소녀는 순수한 눈길로 스칼렛을 똑바로 바라보며 미소 지었다.

스칼렛의 눈에 눈물이 가득 맺혔고 참다못해 소녀를 꼭 끌어안았다. 자기 이마를 소녀의 얼굴에 비비며 떨리는 목소리로 속삭이듯 답했다.

"……응."

소녀는 허리에 찬 조그마한 가방에 금화를 소중히 넣은 후, 바구니를 들고 있는 여성을 향해 쪼르르 달려갔다. 그리고 걸음을 옮기면서 스칼렛에게 미소 지으며 손을 흔들었으나 여성은 소녀의 손을 확 잡아당겼다. 마음이 바뀐 손님이 스카프가 필요 없다면서 돈을 돌려달라고 하거나 깎아달라는 소리를 하기 전에 빨리

이 자리를 벗어나고 싶은 걸지도 모른다.

스칼렛은 몸을 일으키고 그 모습을 응시했다.

싸움에 대비해 손에 무기를 쥔 수많은 사람들이 줄지어 산으로 올라가는 광경이 눈에 들어왔다. 머나먼 산꼭대기는 구름에 뒤덮여 보이지 않았다.

"끝없는 땅. 그곳은 성스러운 산꼭대기 위에 있다."

클로디어스의 목소리가 천둥처럼 울려 퍼졌다.

잿빛 먹구름으로 뒤덮인 산의 팔부능선에는 무수한 전사들이 집결해 있었다. 성의 발코니에서 내려다보고 있는 그의 굵은 목소리가 울려 퍼지면서 전사들의 마음에 불을 지폈다.

"강자만이 끝없는 땅에 갈 자격이 있다. 바로 너희들만이 말이다."

집결한 전사들의 가슴이 크게 뛰었다. 우월감과 함께 격렬한 경쟁심이 마음에 심어지더니 영원한 생명을 향한 갈망에 휩싸였다.

"오오오, 오오오, 오오오."

전사들의 우렁찬 함성이 대지를 뒤흔들었다. 그들의 혼이 클로디어스의 의지에 물들어갔다.

"다른 누구도 들어서지 못하게 해라."

전사들의 흥분은 최고조에 달했다.

"오오오, 오오오, 오오오."

전사들은 깃발과 무기를 손에 쥐고 한목소리로 외쳤다. 광신적인 충성과 자신들의 욕망에 대한 집착이 뒤섞인 목소리였다.

클로디어스의 호령에 맞춰 운명의 수레바퀴가 움직이기 시작했다. 그의 야망이 무수한 혼을 끌어들였고 끝없는 땅을 둘러싼 다툼의 흐름을 바꾸려 하고 있다. 이 장대한 국면은 인간의 욕망과 야심이 자아낸 혼돈의 시작을 예감케 했다. 전쟁의 폭풍이 금방이라도 휘몰아칠 것 같았다.

길든스턴과 로젠크란츠는 옅은 미소를 머금으며 자리에서 일어났다.

"왕녀를 찾는 건 저희에게 맡겨주십시오."

길든스턴이 그렇게 말하자 로젠크란츠가 이어서 힘찬 목소리로 말했다.

"빨리 잡아온 후, 끝없는 땅으로 가자고."

그들은 왕녀를 잡는 순간이 벌써 기다려진다는 듯이 하하하하하고 웃음을 터뜨리더니 경쾌한 발걸음으로 산기슭을 향해 뛰어갔다. 그들에게는 단 한 순간도 망설임이 없었다. 왕녀를 잡아서 얻게 될 승리의 감미로움과, 왕으로부터 하사받을 최고의 포상을 고대하고 있을 뿐이었다.

"얏호~."

두 사람은 펄쩍 뛰며 기뻐했다.

스칼렛의 운명이 어디로 향하고 있는지는 그 누구도 예측조차 할 수 없었다.

싸움

클로디어스의 명령을 받은 대군은 성이 있는 팔부능선에서 산 기슭으로 내려갔다.

폴로니어스와 레어티즈는 말 위에서 군을 이끌었다.

"오오오, 오오오, 오오오."

기마대와 보병이 차례차례 그들의 뒤를 따라 홍수처럼 산에서 내려갔다. 클로디어스 왕을 따르는 것이 그들의 유일한 사명이고 그렇게 하면 끝없는 땅에 갈 수 있는 것이다.

산길 입구의 경계 지점을 따라 뻗어 있는 분리벽 앞에는 끝없는 땅으로 향하려 하는 수많은 이들이 모여 있었다. 벽을 경계로 클로디어스 군의 전사들과 대치했다. 산 정상으로 향하려는 자와 그들을 저지하려는 자의 싸움이 지금 시작되려 하고 있었다.

"끝없는 땅으로 가는 길을 막지 마."

"산꼭대기에 가게 해달라고."

분리벽을 향해 사람들은 공성 병기를 사용했다. 통나무와 바위 벽이 부딪치는 소리가 간헐적으로 들려왔고 거기에 사람들의 고함과 노호성이 뒤섞였다.

"이 벽을 부수자."

"박살을 내자고."

중후한 갑옷을 온몸에 걸친 클로디어스 군의 전사들과 달리, 공격하는 이들은 간소하고 변변찮은 방어구를 걸치고 있었다. 투구나 헬멧을 쓴 이는 없고 대부분 모자나 천을 둘렀을 뿐이다. 팔목 보호대도 한쪽만 차거나 조그마한 가슴 방어구만 걸친 자도 있었다. 겨우 구입한 방어구를 옆에 있는 사람과 나눠 쓰고 있었고 전장에서의 격렬한 싸움을 예상했으면서도 준비한 것은 기껏해야 낡은 팔꿈치 보호대, 얇은 방패, 무딘 검 정도였다. 하지만 아무리 장비가 빈약해도 그들의 가슴에는 절대로 굴하지 않겠다는 결의가 용솟음치고 있었다.

"우리를 보내줘."

"끝없는 땅으로 보내줘."

"보내줘."

사람들이 항의하는 목소리가 파문처럼 증폭되며 퍼져 나갔다.

그런 그들과 대치한 벽 너머의 전사들은 검을 뽑고 방패를 들었다. 긴장이 점점 고조되었다.

분리벽 위에서는 소수의 전사들이 화승총을 손에 든 채 고함을 지르고 있었다.

"꺼져라."

"안 그러면 쏘겠다."

위협사격의 총성이 몇 번이나 울려 퍼졌지만 사람들의 항의하는 목소리는 잦아들 줄 몰랐다.

"끝없는 땅으로 보내줘."

"보내줘."

"보내줘."

분리벽에 공성 병기를 꽂는 소리가 더 크게 들려왔고 지면마저 뒤흔들렸다. 다른 시대의 다른 지역에 살던 이들이 하나가 되어 목청껏 고함을 지르며 주먹을 휘둘렀다.

그리고 드디어, 공성 병기인 통나무가 벽에 박히더니 나무 기둥과 돌파편이 반대편으로 튀었다. 벽 하나가 커다란 소리를 내며 천천히 쓰러졌다. 이어서 옆에 있는 벽들도 차례차례 연쇄적으로 쓰러졌다. 몸이 떨릴 정도의 땅울림이 울려 퍼졌고 먼지가 높이 피어올랐다.

구멍 난 둑에서 터져 나온 탁류처럼 수많은 이들이 무너진 벽을 넘으며 쏟아져 들어갔다. 발소리와 고함이 뒤섞이고 하나의 거대한 물결이 되어 벽 너머로 밀려들어갔다.

"전진해라."

"끝없는 땅으로 향해라."

하지만 갑자기 두우웅 하는 폭음과 함께 대량의 흙이 솟구치더니 수십 명의 사람들이 그대로 튕겨 날아갔다.

"크아아아아."

귀를 틀어막고 싶을 정도의 비명이 들려왔다. 산을 오르던 수많은 이들이 무심코 걸음을 멈추어 소리가 들려온 방향을 쳐다봤다.

24피트나 되는 대포의 포신에서, 발사 후의 새하얀 연기가 피어오르고 있었다. 전투단은 대포를 몇 개나 준비해 뒀다. 맨몸인 인간을 향한 포문에서 굉음과 함께 불이 뿜어졌다.

"우와아아아아."

대포는 대지를 뒤엎었고 수많은 사람들을 잔혹하게도 날려버렸다. 포탄이 경사면을 오르는 사람들 사이에 떨어지자 수많은 비명이 곳곳에서 들려왔다. 쏟아져나온 피 냄새와 습기가 주위를 가득 채웠다. 포탄에 휩쓸린 사람들이 부서진 잔해와 함께 지면을 구른 후에 그대로 허무화되어서 사라졌다. 남은 것은 빈약한 방어구뿐이었다.

자신도 언젠가 저렇게 허무화될지도 모른다. 그런데도 사람들은 열심히 산을 올랐다.

한 줄로 선 총병이 사람들의 집단을 향해 머스킷 총을 일제히 쐈다.

방패를 들고 있는 가장 앞줄의 사람들이 총탄에 맞고 쓰러진 뒤 그대로 허무화됐다. 절규와 함께 사람들의 몸이 포개지며 소멸했다. 하지만 뒤편의 사람이 그 시체를 넘으며 앞으로 나아갔다. 발포음이 들려올 때마다 몇 명이나 되는 이들이 공중으로 튕겨 날아갔다. 하지만 사람들은 겁먹지 않았다. 오히려 분노를 불태우며 더욱 나아갔다.

수염을 기른 남성이 쓰러진 동료를 부축하면서 외쳤다.

"클로디어스 기사단을 쓰러뜨려라."

터번을 두른 빼빼 마른 노인 또한 큰 목소리로 주위에 있는 이들에게 말했다.

"끝없는 땅을 독점하게 두지 마라."

키가 크고 웨이브 진 머리카락을 지닌 여성도 무기를 손에 쥔 채 힘찬 목소리로 외쳤다.

"해치우고 나아가자."

머스킷 총을 든 병사들이 다음 탄환을 장전할 틈을 주지 않고 사람들은 일제히 쇄도했다. 발소리가 지면을 뒤흔들더니 해일처럼 총을 든 병사들을 삼켰다. 사람들은 대포에도 맞섰다. 포병들이 허둥지둥 도망쳤다. 뜨겁게 달궈진 포신을 넘으면서 사람들은 계속 나아갔다.

"오오오오오오오."

크나큰 외침이 산에서 메아리쳤다.

사람들이 향하는 산꼭대기는 아직 멀었고 여전히 구름에 뒤덮여서 어두웠다.

산 중턱에 도착했을 즈음에 해가 기울기 시작했고, 두꺼운 구름이 하늘을 어둡게 만들었다.

지표에서 뿜어져 나오는 유황이 주위 일대에 감돌면서 독한 냄새가 전장을 뒤덮었다. 가스에 불이 붙으며 능선을 따라 푸르스름한 불길이 차례차례 피어올랐다. 이 산이 활화산이라는 증거였다. 일렁이는 불꽃이 전장을 비추더니 불길한 색채와 그림자를 자아냈다.

선봉에 선 이들은 전투단과 싸우면서 험한 산을 올라갔다. 단

한 순간도 방심할 수 없는 싸움이 이어지고 있었다.

스칼렛 또한 검을 손에 쥐고 자신에게 덤벼드는 무장한 병사에게 저항했다. 그녀의 이마에 땀이 맺혔고 호흡도 거칠어졌다. 아직 산 중턱이지만 이미 공기가 옅어진 것처럼 느껴졌다.

전투단은 한 걸음도 물러나지 않았고 맹공을 이어갔다. 크로스보우 병사들이 날린 무수한 화살이 산을 오르는 이들에게 쏟아졌다. 화살이 살을 꿰뚫는 소리와 함께, 사람들이 차례차례 지면에 쓰러졌다. 고통에 찬 신음이 전장에서 넘쳐 나왔다.

"어?"

비명은 뒤편에서 싸우고 있는 스칼렛에게도 들렸다.

전투단은 사람들을 산 위로 보내지 않을 속셈이다. 크로스보우 병사가 연이어 화살을 쐈다.

하지만 그 안에는 화살을 개의치 않고 앞으로 나아가는 젊은 승려가 있었다. 조악한 나무 방패만을 들고, 주황색 가사를 휘날리며, 고함을 지르면서, 사선을 돌파하기 위해 열심히 나아가고 있었다. 하지만 그 방패로 미처 막아내지 못한 화살이 발에 꽂히자 지면에 무릎을 꿇고 말았다. 그런데도 두 팔을 벌려 자기 몸을 방패로 삼아 남을 지키려 했다. 젊은 승려는 무수한 화살을 온몸에 맞은 끝에 지면에 쓰러지고 말았다.

그런 그의 모습에 자극을 받은 건지, 다른 승려들도 방패를 손에 쥐고 앞으로 나섰다. 승려들은 결연한 각오와 연대감으로 사람들을 지키려 했다.

자기 몸을 희생하는 젊은 승려들의 모습이 화살에 겁먹고 무너지려 하던 사람들의 마음에 다시 불을 지폈다. 뒤를 따르는 모든 이들이 승려들의 모습에 고무되어서 고함을 지르며 내달렸다. 빈약한 무기를 휘두르는 자. 집어 든 돌을 던지는 자. 맨손으로 맞서는 자…….

병사들은 그런 그들을 보고 겁을 먹었는지 크로스보우를 내던지고 도망쳤다. 그들이 버린 무기를 짓밟으면서 사람들은 앞으로 나아갔다.

그 와중에 히지리는 화살을 맞고 빈사 상태가 된 젊은 승려를 치료하고 있었다.

왼쪽 옆구리에 튜브를 삽입한 후 폐 안에 고여 있는 대량의 피를 배출시켰다. 괴로운 듯이 떨고 있는 젊은 승려. 친구인 승려가 그의 볼을 열심히 매만져주면서 눈물을 줄줄 흘렸다.

히지리는 이 처치로 그의 고통을 조금이라도 덜어주려 했다. 왼쪽의 피를 빼고 나면 오른쪽 폐에도 튜브를 넣어서 피를 배출하고, 그 다음…… 하고 생각한 바로 그때였다.

"어······?"

젊은 승려는 소용돌이를 일으키며 허무화됐다. 친구인 승려는 사라지는 유해 앞에서 오열을 터뜨렸다. 히지리는 치료를 멈출 수밖에 없었고, 그가 할 수 있는 것은 무력감에 사로잡히며 고개를 떨구는 것뿐이었다.

적과 아군이 뒤섞여서 펼치고 있는 이 처절한 밀고 당기기에 서서히 변화가 발생했다. 전투단은 산을 오르는 이들의 압도적인 숫자에 밀리면서 점점 후퇴할 수밖에 없었다. 압도적인 수적 열세 탓에 전투단의 병사들이 쥔 무기는 칼날이 빠졌고, 방패는 깨졌다. 그렇게 한 걸음 한 걸음 산꼭대기를 향해 후퇴할 수밖에 없었다.

사람들은 이 순간이 바로, 끝없는 땅으로 이어지는 길을 열 수 있는 결정적인 순간이라는 것을 직감했다. 그들 중 한 명이 검을 힘차게 들어 올리더니 다른 이들을 향해 힘찬 목소리로 외쳤다.

"지금이다, 전진해."

"끝없는 땅까지 나아가는 거다."

그들의 목소리는 산에 메아리치면서 들은 이들에게 새로운 용기와 희망을 안겨줬다. 사람들은 일제히 고함을 지르며 전력으로 산길을 올라갔다.

스칼렛은 숨을 헐떡이면서 산꼭대기로 향했다.

화살이 빗발치듯 쏟아지고 비명이 메아리치는 가운데, 단 한 순간도 긴장을 풀 수 없었다. 전장의 처절한 광경이 마음을 무겁게 만들고 정신을 뒤흔들었다. 그래도 그녀는 결코 눈을 돌리지 않으며 계속 올라갔다. 서로를 돕고, 부축하며 필사적으로 산을 오르는 이들의 모습을 눈에 새기면서 말이다.

겁먹은 목소리가 멀리서 들려왔다. 산길의 층계참 같은 평평한 장소에 사람들이 몰려 있었다. 창을 쥔 전투단 병사들이 산을 오르는 사람들을 포위하고 있었다.

"이, 이러지 마."

"살려줘."

사람들은 공포에 질린 채 입을 모아 애원했다.

"사람을 찾고 있을 뿐이니까, 안심해라."

병사들을 이끄는 길든스턴이 그렇게 말했다.

"대체 누구를……?"

사람들이 당혹스러운 표정을 짓자 로젠크란츠는 큰 목소리로 대답했다.

"왕녀다."

"……?!"

스칼렛은 재빨리 근처에 있는 바위 뒤편에 숨으며 숨을 죽였다. 피부에 닿은 바위가 차가웠다. 긴장에서 비롯된 온몸의 떨림을 필사적으로 억눌렀다.

길든스턴은 겁먹은 사람들 사이에서 **무언가**를 발견하더니 그것을 거침없이 움켜쥐었다.

"애 같은 머리카락을 하고 있지."

길든스턴이 땋은 머리카락을 거칠게 잡아당겼다.

"앗."

그대로 허공에 들린 채 작게 비명을 지른 이는 일전의 행상인 소녀였다.

"아앗?!"

바위 뒤편에서 그 광경을 본 스칼렛은 마음속으로 고함을 질렀다.

"그 애를 놔줘."

행상인 여성이 힘없이 손을 뻗었지만 병사들의 창에 막혔다.

"닥쳐라."

로젠크란츠가 위협하듯 여성을 향해 그렇게 말했다.

여성은 더는 아무 말도 못 했다. 사소하기 그지없는 일로 병사의 기분을 상하게 한 바람에, 수많은 행상인 소녀들이 심한 일을 겪었던 것이다. 결국 현세에서나 죽은 자들의 나라에서나 자신들은 보잘것없는 존재라는 것을 반쯤 뜬 눈으로 말하고 있었다.

로젠크란츠는 다른 이들을 둘러봤다.

"왕녀가 어디 있는지 알려준다면 살려주지. 그뿐만 아니라 끝없는 땅으로 같이 데려가 줄 수도 있다."

"못 믿어. 너희의 노예가 될 것 같아?"

사람들은 의문과 반발을 느끼며 항의했다.

그 모습을 본 길든스턴이 말했다.

"흐흥. 그렇다면 쭉 이 죽은 자들의 나라를 기어다녀라."

그렇게 지껄이더니 흥미를 잃은 것처럼 "다른 곳을 뒤지자."라고 말하며 병사에게 이동을 명했다.

바로 그때였다.

대롱대롱 들려 있던 소녀가 허리에 차고 있던 찢어진 가방에서 동전이 흘러나왔다.

"어? 잠깐만. 이게 뭐야?"

그것을 눈치챈 길든스턴은 몸을 숙여서 그 동전을 움켜쥔 뒤 미간을 찌푸리며 의아한 표정을 지었다.

"……덴마크의 금화잖아. 네가 왜 이런 걸 가지고 있지?"

소녀는 입을 다문 채 고개만 저었다.

"……."

그 부자연스러운 침묵에서 길든스턴은 뭔가를 느꼈다. 손에 쥔 소녀를 향해 얼굴을 쑥 내밀고 응시했다.

"응? 뭐냐. 뭘 숨기고 있는 거지? 왕녀냐?"

"……모, 몰라."

소녀는 고개를 저으면서 기어 들어가는 목소리로 그렇게 말했다.

"숨기지 말고 말해라!"

길든스턴이 협박하듯 고함을 질렀다. 재빨리 검을 뽑아 들더니 소녀의 목에 댔다.

"말하지 않는다면……."

소녀는 공포에 사로잡혔다. 금방이라도 검 끝이 소녀의 조그마한 목을 꿰뚫을 것처럼 빛났다.

"멈춰! 상처 입히지 마!"

참다못한 스칼렛은 바위 뒤편에서 뛰쳐나왔고 길든스턴을 양손으로 밀쳤다. 그리고 지면에 쓰러진 소녀를 자신의 몸으로 덮어서 감쌌다. 뭔가 생각이 있어서 취한 행동이 아니다. 그저 소녀가 상처 입게 두고 싶지 않다는 충동에서 비롯된 행동이었다.

"왕녀……."

로젠크란츠가 눈을 동그랗게 뜨고 큰 목소리로 외쳤다.

"왕녀를 찾았다."

곧 병사들이 몰려와 힘으로 스칼렛을 소녀에게서 떼어냈다. 길든스턴은 볼일이 없어진 소녀를 행상인 여성에게 집어던졌다. 여성은 망토로 소녀를 감쌌다. 소녀는 스칼렛을 향해 고함쳤다.

"공주님."

"빨리 도망쳐. 가."

스칼렛은 병사들에게 제압당한 상태에서 소녀를 향해 고함쳤다.

여성은 소녀를 망토로 감싼 채로 서둘러 이 자리를 벗어났다. 걸음을 멈추고 있던 사람들 또한, 병사들에게 위협을 받고 이 자리를 벗어났다.

그 옆에서 길든스턴과 로젠크란츠는 흥분한 표정으로 서로를 쳐다보며 웃었다.

"해냈어. 왕녀를 잡았다고."

"클로디어스 폐하께 칭찬을 받겠어."

"이것으로 우리도……."

"끝없는 땅으로 데려가 주실 거야."

푸하하하하, 하고 웃으며 서로의 손을 맞잡은 두 사람은 어린애처럼 기뻐하며 덩실덩실 춤을 췄다.

스칼렛은 제압당한 상태에서 생각했다. 아까 소녀가 말한 크나큰 꿈 ―우리 같은 애들이 죽지 않는 세상을 만든다― 에 비하면,

지금의 자신은 저 소녀 한 명을 구하는 게 한계였다. 진짜 왕녀인데도 자신은 왜 이렇게 못난 것일까. 분한 나머지 입술을 깨물었다. 이제부터 클로디어스의 앞으로 연행될 것이다. 그의 앞에서 유린당한 후에 무참히 살해당해 허무가 될 것이다. 아버지의 복수도 못 한 채 여행은 끝나고 말리라. 원통하다. 여기까지인가.

바로 그때였다.

"스칼렛!"

자신을 부르는 큰 소리가 그녀의 귓속으로 스며들어왔다.

그녀는 목소리가 들려온 방향을 쳐다봤다.

활을 힘차게 당기고 있는 히지리의 믿음직한 모습이 눈에 들어왔다.

"……!"

길든스턴과 로젠크란츠는 화들짝 놀라 히지리를 쳐다봤다.

"네놈은 뭐냐."

"그녀를 놔줘."

히지리는 활을 당긴 채 고함쳤다.

"음……?"

그런 히지리에게서 길든스턴은 뭔가를 느낀 것 같았다. 이 자식은 뭔가 이상하다. 그는 몸을 기울이면서 신중하게 앞으로 나섰다.

"……쏘지 않는 거냐? 왜 안 쏘는 거지?"

쏠 거면 몰래 쏘면 된다. 하지만 눈앞에 있는 이 자식은 쏘지 않았다. 위협을 하는 건가? 그렇다면 정말 허술한 협박이다.

"그 활은 장난감이냐?"

로젠크란츠는 비아냥거리며 웃었다.

"이 자식, 실은 못 쏘는 거 아냐?"

길든스턴은 히지리를 도발하듯 손가락으로 가리켰다.

히지리에게는 못 쏘는 이유가 있었다.

궁도의 과녁 말고는 쏴본 적이 없고 실제로 사람을 겨눈 적도 없다. 살인을 위해 활을 배운 것이 아니었다. 지금도 활을 당기기는 했지만 사람을 향해 화살을 겨누는 것을 막는 강력한 심리적 브레이크가 작용하고 있었다. 그리고 히지리는 브레이크를 풀 방법을 알지 못했다.

어느새 히지리의 뒤편에 노파가 나타났다.

"너는 뭘 하러 여기에 온 것이냐?"

답을 요구하듯 그렇게 말했다.

"나는……."

히지리는 말문이 막혀서 바로 대답하지 못했다.

노파는 다시 물었다.

"네가 이곳에 온 이유는 뭐지?"

히지리의 기억 속에 자신의 모습이 떠올랐다.

구급차의 경고등이 빛나고 있었다.

남성이 승용차에 치였다는 연락을 받았다.

응급 구조 요청을 받고 구급차로 병원에서 출발한 후에 현장에 막 도착했다.

의료용 가방을 어깨에 짊어진 히지리는 의사 및 응급구조사와 함께 커다란 도시의 혼잡한 인파 속을 걷고 있었다. 초등학생용 가방을 메고 하교하는 아이들과 엇갈렸다. 아이들의 조그마한 미소에 히지리 또한 돌아보며 미소로 화답했다.

그 직후, 기척을 느낀 그는 앞쪽을 쳐다봤다.

"아……."

히지리의 눈은 인파 속에서 강렬한 살기를 뿜고 있는 남자를 발견했다.

오른손에는 피가 묻은 나이프가 쥐어져 있었다.

히지리는 자신의 운명을 그제야 이해하기 시작했다.

그 기억이, 현재 상황과 포개졌다.

"나는……!"

단련한 기술을 지금 쓰지 않는다면 자신이 이제까지 해온 일에 의미가 있을까?

길든스턴이 검을 뽑아 들고 덤벼들었다.

"으으으으으으으으으으."

그 모습과 나이프를 쥔 남자가 포개졌다.

머뭇거림이 사라지고 구해야 한다는 마음만이 남았다. 활의 시위를 힘껏 잡아당겼다. 나는 자신의 사명을 다하기 위해 여기에 있는 것이다.

히지리는 순식간에 활을 쐈다.

시위가 티잉, 하는 소리를 자아냈다.

화살은 엄청난 기세로 날아가더니 길든스턴의 가슴을 꿰뚫었다.

"크억."

그대로 날아간 길든스턴은 실이 끊어진 꼭두각시처럼 바닥을 굴렀다.

로젠크란츠는 접힌 채 꿈쩍도 하지 않는 길든스턴의 몸을 보며 비명을 질렀다. 친구가 흩날리는 낙엽처럼 허무화되는 것을 옆에서 본 그의 얼굴은 창백하게 질리더니, 구슬 같은 식은땀이 맺혔다. 그 후 겁먹은 눈길로 히지리를 쳐다봤고 떨리는 손으로 허리의 단검을 힘차게 뽑아들었다.

"아아아아아아아아아아."

로젠그란츠는 눈을 치켜뜬 채 단검을 휘두르며 돌진했다.

히지리는 시위가 끊어진 활을 재빨리 내던진 후 화살통에서 화살 하나를 꺼내 들었다.

히지리는 자신을 향해 달려드는 로젠크란츠가 기억 속에 존재하는 나이프를 쥔 남자와 겹쳐 보였다. 화살을 쥔 히지리는 고함을 지르며 그에게 맞섰다.

"으으으으으으으."

두 사람의 몸이 큰 소리를 내며 충돌했다.

두 사람은 몸을 맞댄 채 팽팽하게 힘 겨루기를 하듯 꼼짝도 하지 않았다.

하지만 로젠크란츠가 먼저 무너지듯 쓰러졌다. 그의 가슴에는 히지리가 찔러넣은 화살이 꽂혀 있었다.

"하아…… 하아…….."

극도로 피폐해진 히지리는 상체가 흔들리고 있었다.

"아아……."

지휘관을 순식간에 두 명이나 잃고 만 병사들은 동요했다. 그들은 히지리가 어마어마한 실력을 지닌 전사처럼 보였다. 공포에 질린 그들은 방금 잡은 왕녀를 내팽개치더니 허둥지둥 도망쳤다.

"히지리!"

풀려난 스칼렛은 금방이라도 쓰러질 듯한 히지리에게 달려가 그를 부축하듯 꼭 끌어안았다.

"하아…… 하아…….."

히지리는 온몸이 진땀으로 범벅이 되어 거친 숨을 내쉬었다.

"괜찮아……?"

그녀가 걱정스레 묻자 히지리는 지칠 대로 지친 상태에서 미소를 지었다.

"괜찮아……. 너는 어때……?"

"나도 괜찮아……."

그렇게 대답한 그녀는 가슴 속에서 말로 형용할 수 없는 감정이 솟구친 나머지, 무심코 히지리의 목을 끌어안았다.

히지리는 그녀의 등에 손을 두르더니—.

"……살아줘."

그렇게 작게 중얼거렸다.

"……살겠어."

스칼렛 또한 작은 목소리로 맹세하듯 대답했다.

히지리의 발치에는 소량의 피가 방울져 떨어지고 있었다. 히지리가 그녀를 위해 치른 희생이자, 그가 나중에 겪게 될 시련의 전조이기도 했다.

어느새 땅거미가 지고 있었다.

산의 칠부능선 쯤이 갑자기 굉음을 뿜으며 찢어지더니, 하늘을 불태울 듯이 펄펄 끓는 용암이 높이 솟구쳤다.

이제까지 산에 올라온 수많은 이들이 망연자실한 눈길로 그 분화를 올려다봤다. 몽환적이라 해도 과언이 아닌 그 광경을 다들 넋을 놓고 쳐다봤다.

하지만 그들의 머리 위에 화산에서 분출된 바위가 쏟아졌다.

"아아아아아아아."

시뻘겋게 달궈진 바위는 사람들의 몸을 태우고 으깨더니 산산조각 냈다. 평온은 순식간에 깨졌다. 고함과 비명이 곳곳에서 터져 나왔다. 공포와 절망은 수많은 이들에게 눈 깜짝할 사이 전염됐다.

"도망쳐."

"도망쳐!"

위험을 알리는 고함이 곳곳에서 들려왔다. 그것을 분화의 굉음이 집어삼켰다.

대량의 바위가 붉은 포물선을 그리며 날아갔다.

그것들은 끝없는 땅을 향하는 사람들과 그것을 저지하려는 전투단을 향해 평등하게 쏟아졌다.

갑옷마저 간단히 녹이는 그 뜨거운 바위에 맞은 사람들과 병사들은 선 채로 죽음을 맞이했다.

"꺄아아아아."

"우와아아아아."

대지가 비친 듯이 흔들리더니 바위의 열기는 사람들의 피부를 간단히 녹였다. 시뻘겋게 빛나는 바위가 사방으로 흩날렸다. 죽음 그 자체가 하늘에서 쏟아져 내리는 것 같았다. 화산 분화의 빛에 길이 비쳤고, 붉게 빛나며 흐르는 용암류는 피의 강 같아 보였다.

그래도 사람들은 어두운 산길을 계속 올라갔다. 부상자들이 서로를 부축하며 비틀거리면서도 필사적으로 앞으로 나아갔다.

스칼렛과 허지리도 계속 올라갔다. 노인들을 부축하고 부상자를 업으며 고통에 사로잡힌 채 올라갔다. 이마에서 흘러내리는 땀이 재와 섞이면서 회색 줄기를 만들었고 거친 호흡은 열기에 타들어간 목에서 쥐어 짜내지고 있었다.

그녀의 몸은 고통과 피로 탓에 한계에 도달했지만 가슴 속은 불가사의한 정적이 지배하고 있었다.

그 가슴에서 어떤 노래가 울려 퍼지기 시작했다.

사랑에 관해 가르쳐줘

누구나 알고 있는 기적

이 가슴을 가득 채워줘

그녀는 무의식적으로 그 노래를 흥얼거렸다.

굉음과 함께 새로운 용암류가 산의 표면을 타고 흘러내리기 시작했다. 그것은 인정사정없이 사람들을 집어삼켰다. 비명은 용암 안에서 거품으로 변하며 사라졌고 수많은 생명이 순식간에 스러졌다. 불꽃에 타 들어간 사람들이 절규를 토하며 무너져 내리듯 쓰러졌다.

사랑의 모든 것을 가르쳐줘

내가 살아가는 의미를

마음을 잃어버리기 전에

돌을 정통으로 맞은 사람들과 전투단의 비명이 들려왔다. 고열의 용암류에 삼켜져서 타들어가며 소멸하고 있다. 울려 퍼지는 비명은 이제 개개인의 목소리가 아니라, 하나의 거대한 물결이 되어서 산 전체를 뒤덮었다. 두 진영에서 지르는 고함이 뒤섞였다.

"아아아아아."
"우와아아아아."
"살려줘!"
"살려줘."

사랑에 관해 가르쳐줘
누구나 알고 있는 기적
이 가슴을 가득 채워줘

용암의 표면이 검게 굳더니 그 안에서 인간의 형태가 몇 개나 드러났다. 사람들이 맞이한 최후의 순간이 낙엽처럼 흩날리며 허무화되기 전에, 영원의 순간 속에 봉인되고 만 것 같았다.

이 참상. 이 가혹. 이 고통. 끝없는 지옥도. 무수히 쓰러져 있는 인간의 형태를 한 새까만 덩어리.

사랑의 모든 것을 알고 싶어

어딘가에 숨겨져 있는 비밀

밝혀내어 보여줘

살아남은 사람들은 그제야 화산대를 벗어났다. 그들은 지옥에서 기어 나온 망자 같았다. 화산재를 뒤집어썼고, 옷이 타들어 갔으며, 얼굴은 재로 범벅이 된 데다, 많은 이들이 부상을 입었다. 하지만 눈에는 고난을 극복한 자만이 머금을 수 있는 강렬한 빛이 존재했다. 생존을 향한 단순한 집착이 아니라, 이 시련을 거치며 얻은 새로운 삶에 대한 각오 같은 것이었다.

이 화산 분화는 무자비하게도 수많은 이를 허무로 만들었다. 살아남은 자들은 이 참상을 넘어서서 재 속에서 걸음을 내디뎠다. 그들 한 명 한 명이 잃어버린 이들을 가슴에 품으며 나아갔다. 발걸음은 무거웠지만 그 한 걸음은 명확했다.

화산 연기와 재로 뒤덮은 어둠 속을, 사람들은 숨을 헐떡이며 올라갔다. 팔부능선에 도달했을 때 갑자기 가스가 걷히면서 시야가 탁 트였다.

"저게…… 클로디어스의 성……."

사람들은 숨을 삼켰다. 어둠 속에 서 있는 성의 위용에 압도당했다. 위쪽에 있는 발코니를 올려다보니 희미하게 빛이 새어 나오고 있었다. 저곳에 클로디어스 왕이 있을 것이다.

사람들은 맹렬한 분노가 샘솟았다. 이제까지의 고난, 희생된 수많은 목숨, 그 모든 것은 저 성의 주인 탓이다.

"쳐들어가자."

사람들은 일제히 움직였다. 닫혀 있는 중후한 입구에 몸통 박치기를 반복하는 소리가 산에서 메아리쳤다. 두꺼운 문이 비명 같은 소리를 내며 쪼개지더니 안쪽으로 쓰러졌다. 사람들은 노도처럼 성안으로 몰려 들어갔다.

광대한 홀에는 전투단이 존재하지 않았다. 성안은 텅텅 비어 있었다.

"대체 어떻게 된 거지?"

누군가가 혼란스러운 목소리로 그렇게 말했다.

계단을 오르고 또 올랐다. 드디어 최상층에 있는 홀에 도착해 보니 방 중앙에 옥좌가 놓여 있었다.

하지만 클로디어스 왕은 그 자리에 없었다.

"어디야?"

"어디 있는 거지?"

"젠장."

실망과 분노가 퍼져 나갔다. 그들은 승리를 목전에 두고 있었지만 적이 보이지 않아서 분노에 휩싸였다. 힘든 고난을 극복하고 여기까지 왔는데 빈 옥좌 앞에 멍하니 서 있을 수밖에 없었다.

클로디어스는 대체 어디에 간 것일까?

이미 끝없는 땅으로 간 것일까?

진눈깨비가 해뜨기 직전의 바위 밭에 떨어졌다.

스칼렛과 히지리는 팔을 들어 올려 진눈깨비를 막으며 급경사인 바위 밭을 올라갔다.

심장이 미친 듯이 두방망이질 쳤고 피로가 온몸에 쌓였다. 멈춰선 두 사람은 주위를 둘러보면서 하얀 숨을 내쉬었다.

"길을 헤매는 사이에, 해가 뜨고 말았어……."

옅은 눈이 쌓여 있는 것을 보면 곧 산꼭대기에 도달할지도 모른다. 하지만 시야를 뒤덮은 안개와 눈 탓에 어둠이 걷히기 전부터 함께 산을 올랐던 사람들을 놓쳤고, 단둘만 남고 말았다. 전투단의 전사들과 사람들은 물론이고 산꼭대기가 어디에 있는지도 알 수 없었다.

스칼렛이 뒤편을 돌아보니 히지리가 옆구리를 감싸 쥔 채 지면에 몸을 웅크리고 있었다.

"히지리!"

서둘러 히지리의 곁으로 다가갔다. 그의 얼굴은 고통에 휩싸여 있었다. 그녀는 그를 부축했다.

"미안해……."

히지리는 힘없는 목소리로 사과했다. 스칼렛은 고개를 저은 후 말없이 그를 부축했다.

그 뒤편의 안개에, 히지리 자신의 그림자가 일곱 빛깔 빛의 고리에 휩싸인 채 나타났다. 그것은 브로켄 현상과 흡사했으며 중요한 무언가를 시사하듯 빛나고 있었다.

"어……?"

스칼렛과 히지리는 앞을 올려다봤다. 구름 너머가 눈부시게 빛나고 있었다. 그곳을 향해 두 사람은 눈을 밟으며 올라갔다.

갑자기 눈앞의 안개가 걷히더니 시야가 탁 트이면서 화창하기 그지없는 푸른 하늘이 나타났다. 그 아래에는 옅게 쌓인 산들이 반짝이고 있었다.

방금 올라온 경사면과 반대편에 옅은 눈이 쌓인 거대한 분화구가 있었다. 가파른 화구벽은 안쪽을 향해 패여 있었다.

눈 아래에 펼쳐진 것은 그녀들이 여행해 온 지역이다. 죽은 자들의 나라라 불리는 지상을 한눈에 볼 수 있었다. 그 절경을 본 히지리는 말문이 막혔다. 이제까지의 여정, 극복해 온 난관, 그리고 변화한 자신들. 그 모든 것이 이 경치 속에 응축된 것처럼 느껴졌다.

"여기가……, 꼭대기야."

……히지리는 그렇게 중얼거렸다.

"하지만……."

스칼렛은 성스러운 산의 꼭대기에 서 있는데도 격렬하게 동요하며 불안 탓에 눈동자가 흔들렸다.

꼭대기에는 아무것도 없다. 그저 바위와 눈, 그리고 하늘뿐이다.

"끝없는 땅으로 이어지는 계단이……, 없어……."

기나긴 여행 끝에는 그렇게 갈구하던 것이 존재하지 않았다. 온몸에서 힘이 빠져나가는 것 같았다.

"어디 있어……?"

그저 멍하니 서 있을 수밖에 없었다.

"어디 있는 거야……?!"

끝없는 땅

끝없는 땅으로 이어지는 계단이 없다.

스칼렛은 너무 큰 충격을 받아, 옅은 눈에 뒤덮인 산꼭대기에서 한 걸음도 움직이지 못했다. 차가운 바람이 연분홍색 머리카락을 거칠게 흔들었다. 강풍에 묻힐 듯한 작은 목소리로, 그녀는 중얼거렸다.

"클로디어스가 있을 줄 알았는데……."

"……."

히지리는 그녀의 실망감을 헤아릴 수 있었다. 그녀의 검은 방어구는 흠집투성이였고 손발에도 수많은 상처가 새겨져 있었다. 수많은 고난을 극복한 끝에 겨우 여기까지 왔다. 하지만 원수가 어디 있는지 모른다.

"여기에는 없다."

등 뒤에서 목소리가 들려오자 스칼렛은 깜짝 놀라 뒤를 돌아보았다.

폴로니어스와 레어티즈였다. 화구 가장자리를 천천히 걸으며 다가오고 있었다.

"이미 끝없는 땅으로 향했지."

조롱 섞인 미소를 머금은 레어티즈가 단총을 홀스터에서 뽑아 들었다.

그녀는 절망적인 기분에 사로잡혔다. 계단이 보이지 않는데 클로디어스는 어떻게 끝없는 땅으로 올라간 것일까? 자신이 모르는 다른 방법이 있는 것일까? 더는 쫓아갈 수 없는 것일까? 복수할 기회는 없는 것일까?

"너는 이대로 죽은 자들의 나라에서 허무가 될 거다."

폴로니어스는 검집에서 검을 뽑아 들더니 스칼렛을 향해 쇄도했다.

그녀 또한 자신의 검을 뽑아 들었지만 지칠 대로 지친 몸으로는 폴로니어스의 날카로운 공격을 받아내는 게 한계여서 후퇴할 수밖에 없었다. 조금이라도 방심했다간 검 끝이 얼굴이나 몸에 닿을 것만 같았다.

"윽……."

가파른 능선의 좁은 바위 밭에서 균형을 잃고 비틀거렸다. 하지만 자세를 낮추면서 겨우겨우 버텨냈다. 돌 파편이 머나먼 곳까지 굴러 내려가는 것을 보고 얼굴이 새파랗게 질렸다.

다시 고개를 든 순간, 폴로니어스는 바닥에 쌓인 눈을 걷어차며 덤벼들었다.

"오오."

좌우로는 도망칠 수 없다. 왼쪽에서 수평으로 휘둘러진 검을 그녀는 반사적으로 몸을 뒤편으로 젖혀서 피했다. 하지만 폴로니어스는 몸을 젖힌 왕녀를 그대로 덮쳤다. 스칼렛은 반사적으로 두 손을 내밀어서 밀어냈으나 그 순간에 그녀의 얼굴 옆에 검이 꽂히고 말았다.

바람이 울었다. 싸우는 와중에 흩날렸던 진눈깨비가 허공에서 춤췄다.

"으으으으……."

그녀는 궁지에 몰렸다.

"스칼렛!"

히지리는 그녀를 도우러 가고 싶었지만…….

"어이쿠."

레어티즈는 보내주지 않겠다는 듯이 손을 들어서 제지했다.

왕녀를 덮친 폴로니어스는 검에 힘을 줬다. 검 끝이 그녀의 얼굴 바로 옆까지 다가왔다. 무심코 오른손으로 검 끝을 움켜쥐었다. 장갑을 끼지 않았다면 손가락이 잘려 나갔을 것이다.

승리를 확신한 폴로니어스는 왕녀의 운명을 조롱하듯 웃었다.

"이 칼에 꿰뚫려 죽을지, 칼을 피하고 여기서 굴러 떨어져 죽을지, 어디 골라봐라."

검을 쥔 장갑이 찢어지면서 피가 배어 나왔다. 붉은 핏방울이 더러워진 그녀의 볼에 방울져 떨어졌다.

"으으……."

완전히 궁지에 몰리고 만 그녀는 분한 나머지 입술을 깨물었다.

"후후후……."

폴로니어스는 승리를 확신했는지 입술을 일그러뜨리며 잔인한 미소를 머금었다.

그 안면에 강렬한 주먹이 꽂히자 폴로니어스는 벼랑 근처까지 날아갔다. 놓친 검이 바위 밭 위를 굴러다녔다.

"어……?"

몸을 일으킨 그녀가 본 것은 한 손에 지팡이를 쥔 코넬리우스였다.

"코넬리우스 씨!"

히지리가 환성을 질렀다.

그녀는 자신을 도와준 코넬리우스를 멍하니 쳐다봤다. 그의 얼굴에는 두들겨 맞아서 생긴 흉측한 상처가 몇 개나 새겨져 있었다. 그것이 폴로니어스에게 반기를 든 이유라는 것을 왕녀는 짐작할 수 있었다.

폴로니어스는 몸을 일으키더니 코넬리우스를 노려보며 다가왔다.

"이 더러운 쥐새끼가……."

그리고 주저 없이 코넬리우스에게 달려들었다.

"따끔한 벌을 주고 무기까지 빼앗았는데, 아직도 정신을 못 차린 거냐."

두 사람이 격렬한 주먹다짐을 벌였다. 지팡이를 짚은 코넬리우스는 왼손만으로 싸울 수밖에 없었다. 방어에 치중할 수밖에 없는 그는 몇 번이나 주먹을 맞고 말았다.

폴로니어스는 수하의 배신이 마음에 들지 않았다. 왜 유서 깊은 덴마크 귀족인 자신이 이런 용병 출신인 남자의 반항에 휘둘려야만 하는 건가. 긍지에 상처가 난 건지, 지나칠 정도로 코넬리우스의 안면에 주먹을 날려댔다.

레어티즈도 폴로니어스에게 가세하기 위해 총을 고쳐 쥐었다.

"이 배신자. 이번에는 인정사정없이 총알을 박아주마."

바로 그때, 경사면을 올라온 남자가 레어티즈의 앞을 막아섰다.

히지리가 외쳤다.

"볼티먼드 씨!"

볼티먼드는 레어티즈의 총을 움켜쥐고 그의 자유를 빼앗았다. 그의 얼굴 또한, 이 두 사람에게 입은 듯한 상처가 나 있었다.

"너도냐. 왜 왕녀를 편드는 거지?"

레어티즈는 분노와 혼란에 휩싸인 채 증오에 찬 목소리로 그렇게 외쳤다.

볼티먼드는 그런 그와는 대조적인 냉정한 어조로 대답했다.

"네놈들의 개로 사는 건……."

"이제 사양하겠단 거다."

코넬리우스는 폴로니어스의 주먹을 왼손으로 움켜쥐면서 막아냈다.

폴로니어스는 발끈했다.

"지팡이를 짚으면서, 나한테 이길 수 있을 것 같으냐?!"

폴로니어스는 아까보다 힘을 실어 코넬리우스를 공격했다. 안면에 팔꿈치를 꽂고 주먹으로 콧대를 뭉갰다. 싸움은 일방적이었다. 코넬리우스는 피범벅이 된 채 비틀거리더니 바위 밭에서 무룹을 꿇었다.

"허무가 되어라!"

폴로니어스는 자기 검을 주워 들고 머리 높이 치켜들었다.

코넬리우스는 이 틈을 놓치지 않았다. 지팡이 안에 숨겨져 있던 검을 뽑아 들어 폴로니어스의 갑옷 틈새에 깊숙이 찔러넣었다.

"⋯⋯?!"

폴로니어스는 경악에 찬 표정을 지으며 그대로 굳어버렸다. 지팡이에 검이 숨겨져 있을 거라고는 생각도 못 한 것일까. 아니면 자신의 패배가 믿기지 않는 것일까. 비명조차 지르지 못하고 쓰러지더니 그대로 눈 덮인 경사면을 따라 굴러떨어졌다.

"아앗."

레어티즈는 죽은 아버지를 보며 비통한 표정을 지었다. 그리고 왼손에 쥔 단총으로 코넬리우스를 겨눴다.

"젠장."

코넬리우스는 도망치기는커녕, 조용히 몸을 일으켜 그를 쳐다봤다. 쏘면 명중한다. 레어티즈는 방아쇠에 걸린 검지에 힘을 실었다.

바로 그때였다.

"우오오오오오."

볼티먼드가 오른손을 치켜들며 그대로 달려들었고 총알을 장전할 때 쓰는 금속봉을 레어티즈가 쥔 단총의 총구에 찔러넣었다. 하지만 레어티즈는 무슨 짓을 당한 건지 모른 채······.

"비켜, 볼티먼드."

힘으로 그를 밀어내고 아버지의 원수를 향해 총을 들었다.

"코넬리우스, 허무가 되어라!"

방아쇠를 당긴 직후, 단총은 굉음을 내며 폭발하면서 레어티즈의 왼팔을 박살냈다. 그 또한 자기 아버지와 마찬가지로 산 아래로 굴러떨어졌다.

볼티먼드는 무릎을 꿇은 채 그 광경을 응시했다.

히지리는 그런 볼티먼드에게 다가가 말없이 오른손을 내밀었다.

볼티먼드는 고개를 들어서 히지리의 얼굴을 지그시 응시했다. 일전에는 악수하지 않았다. 하지만 이번에는 응시하던 그 손을 힘차게 움켜쥐었다. 그리고 히지리에게 잡아당겨지듯 몸을 일으켰다. 일전에 히지리가 청했던 악수에 볼티먼드는 이제야 응했다.

코넬리우스는 시선을 들어 하늘을 올려다보며 왕녀에게 말했다.

"네 원수는 이 위에 있어."

스칼렛은 하늘을 올려다보았다.

흩날린 눈이 아무것도 없는 푸른 하늘에 존재하는 계단 위에 쌓이며 그 형태를 드러나게 했다.

"⋯⋯그래."

스칼렛은 무심코 입을 열었다.

"끝없는 땅으로 이어지는, 계단⋯⋯."

그것은 천공으로 곧장 이어지는 길이었다.

새하얀 눈이 투명한 계단에 부착되지 않았다면 절대로 발견하지 못했을 것이다. 싸우면서 진눈깨비가 날린 덕분에 계단이 모습을 드러냈다.

"여기까지 왔으니, 복수를 해내라."

코넬리우스는 왕녀를 향해 낮은 목소리로 덧붙여 말했다.

히지리는 스칼렛의 곁으로 다가가 그녀의 장갑을 벗겼다. 오른 손바닥에 난 상처가 드러났다. 검을 쥐는 바람에 입은 상처다. 히지리는 상처를 세심하게 살핀 후 소독했다.

스칼렛은 자기 손을 치료하는 히지리의 손가락 끝을, 말로 형용할 수 없는 마음을 담아 응시했다.

"⋯⋯괜찮아?"

히지리의 질문에는 상처에 관한 질문 이상의 의미가 담겨 있었다.

"⋯⋯괜찮아. 고마워."

스칼렛의 대답을 들은 히지리는 그 말에서 그녀다운 허세와 함께 체념에 가까운 울림을 느꼈다. 실은 괜찮지 않을지도 모른다. 하지만 이제는 돌이킬 수 없다.

그녀의 손에 붕대를 감아주면서 뭔가 건네줄 말이 없는지 생각했다. 하지만 그 말을 하지 못한 채 히지리는 붕대를 감아줬다.

진눈깨비가 날렸다.

허공에 존재하는 계단은 백은색 길처럼 하늘 너머로 이어져 있었다.

스칼렛의 가슴에는 공포와 기대, 미지를 향한 불안, 그리고 끝없는 땅을 향한 소망이 뒤섞여 있었다. 깊이 숨을 들이마신 후 이 불가사의한 계단을 올라가기로 결심했다. 숨을 고르면서 붕대가 감긴 오른손을 가볍게 쥐락펴락한 다음, 첫걸음을 뗐다.

발치에서 눈의 결정이 맑은 소리를 냈다. 그녀는 신중한 발걸음으로 다음 한 걸음을 내디뎠다. 발이 눈을 밟을 때마다 눈이 흩날리면서 공중에서 옅은 빛을 반사했다.

머나먼 발밑에서는 가늘게 새하얀 무수한 곡선이 자아낸 광경이 존재했다. 예전에 여행했던, 와디라 불리는 큰 강의 흔적. 강이 메마르면서 물이 복잡하게 흐른 흔적만이 사막에 각인되었다. 그 장소에서 자신이 지면을 기어다니며 여행했던 것이 지금은 그리운 추억처럼 느껴졌다. 너무나도 고생하며 흙탕물까지 마셔야 했다. 그러나 이 여행도 곧 끝이다. 자신의 여행은 최종 국면을 맞이한 것이다.

계단을 올라가자 중력에서 해방되는 것처럼 걸음이 가벼워졌다. 계단은 이제 보이지 않지만 진눈깨비는 주위에서 계속 흩날리고 있었다. 위로 올라갈수록 산꼭대기에서 부는 혹독한 바람이 서서히 누그러들었고, 그것을 대신하듯 부드러운 빛이 그녀를 감쌌다.

하늘의 바다를 올려다보자 빛이 수면 너머에서 조용히 넘실대고 있었다.

"……."

입에서 작게 탄성이 흘러나왔다. 빛은 축복을 내리듯 상냥하게 빛났다. 그것은 희망의 빛이자 미지로의 입구처럼 느껴졌다. 눈도 깜빡이지 않은 채 지그시 빛을 응시했다.

마음속은 흥분과 불가사의한 행복감으로 가득 차 있었다. 이제까지의 인생에서 경험해 온 모든 것이 이 순간에는 너무나도 보잘것없게 느껴졌다. 복수심도, 증오도, 두려움도, 전부 머나먼 기억처럼 느껴졌다.

하늘 바다 너머에서는 무엇이 기다리고 있을까? 분명 상상을

초월하는 광경이 펼쳐져 있지 않을까. 현실인지 환상인지 분간이
안 되는, 새로운 세상이 있지 않을까.

그녀의 몸이 허공으로 떠오르더니 찬란한 빛 속으로 녹아 들어
갔다.

스칼렛은 물보라를 일으키며 물속에서 나타났다.

에메랄드그린 빛깔의 해수면에 무수한 파문이 발생했다. 그녀
는 홀로, 무시무시할 만큼 투명하고 얕은 바다 위에 서 있었다.

아아, 하고 무심코 숨을 삼켰다.

물속에 존재하는 화사한 산호초의 색채가 바닷속에 존재하는
꽃밭을 연상케 했다. 수면에서 스며들어간 빛이 그 위에서 살랑
이며 춤추고 있었다. 빛과 그림자의 유희는 바닷속의 경치 전체
가 숨 쉬고 있는 것처럼 꾸며줬다.

발치에서 에메랄드그린 빛의 무언가가 세 개나 이동하고 있다
는 사실에 화들짝 놀랐다. 그것의 정체는 바로 바다거북이었다.
세 마리가 장난치듯 뒤엉켜서 헤엄치고 있었다. 그 광경을 보며
왠지 기쁨을 느낀 그녀는 계속 쳐다보고 싶다는 충동에 사로잡혔
다. 바다거북의 움직임이 만들어내는 물의 파문 하나하나에서도
생명의 숨결이 느껴지는 것만 같았다.

그녀의 몸 구석구석까지 살아갈 힘을 가득 채워주는 듯한, 말로 표현하기 어려운 불가사의한 느낌이 들었다. 눈을 감고 깊이 숨을 들이마셨다. 공기는 놀라울 정도로 맑았고 달콤한 꽃향기와 바다의 소금기가 절묘하게 섞여 있었다. 그 공기를 들이마실 때마다 마음이 가벼워졌고 이제까지의 고난이 전부 녹아서 몸 밖으로 나가는 듯한 느낌에 사로잡혔다.

물가의 모래사장은 믿기지 않을 정도로 새하얗고 주위를 둘러보면 끝없이 이어져 있었다. 눈부시게 빛나는 모래사장에 발을 내딛자 사각하는 맑은 소리가 모래에서 났다. 발에서 느껴지는 감촉 또한 믿기지 않을 만큼 부드러워서 저항할 수 없을 만큼 기분 좋았다.

"이게…… 끝없는 땅…….."

경악과 경외가 담긴 목소리로 그렇게 중얼거렸다.

눈앞의 이 해변의 경치가 현실을 초월했단 것은 의심할 여지가 없다. 꿈속에 흘러 들어온 것 같아서 일단 차분하게 상황을 재확인하기 위해 가슴에 손을 댔다. 하지만 가슴의 고동마저도 이 장소의 끝없는 매력에 빨려들고 있는 것처럼 느껴졌다.

눈이 흩날리는 산꼭대기에서 계단을 올라가, 하늘의 끝에 도착했나 했더니 그곳은 무시무시할 정도로 아름다운 바다 위였다.

그 사실에 스칼렛은 적지 않게 혼란에 빠졌다. 확실히 죽은 자들의 나라를 여행하면서 하늘이 해수면처럼 물결치는 광경을 항상 봤다. 그 사막에 있던 거대한 바위들이 산호 같은 실루엣을 지닌 것도 알고 있었다.

그 모든 것이 지금 자신의 발치에 있는, 이 바다 밑에 있는 것일까? 여행하면서 만난 온갖 사람, 온갖 일은 이 조그마한 바닷가에서 일어난 삶과 죽음인 것일까?

죽은 자들의 나라란? 끝없는 땅이란? 신이란? 삶과 죽음이란? 온갖 불가사의가 한꺼번에 가슴속에서 샘솟았다.

"……?"

문득 새하얀 모래사장 끝에 있는, 열대 식물이 울창하게 자라고 있는 숲을 쳐다봤다. 나무들이 터널 형태를 이루고 있는 조그마한 길이 보였다. 그 길은 너무나도 길어서 끝이 보이지 않았다. 이 여행의 진정한 목적지 바로 앞까지 온 듯한 예감이 들었다. 깊게 숨을 들이마신 후 한 걸음 앞으로 내디뎠다.

자연의 터널은 울창한 열대 식물이 뒤엉키고 다양한 종류의 양치식물과 덩굴 식물로 뒤덮여 있었다. 크고 작은 다양한 잎이 포개지면서 입체적인 벽면을 만들어냈다. 열대지방의 붉은 색 꽃과 노란색 꽃이 선명한 악센트가 되듯 피어 있었다. 발치에는 두께

있는 이끼가 부드러운 융단처럼 깔려 있었으며, 걸음을 걸을 때
마다 그 탄력이 발을 상냥히 감싸줬다. 작은 물줄기가 때때로 터
널을 가로질렀고 축축한 공기가 피부를 적셨다.

이 터널 끝에는 무엇이 있을까?

앞으로 나아갈수록 터널 안의 광경이 시시각각 변화했다. 잎사
귀 사이로 스며드는 빛이 지면에 얼룩 문양의 그림자를 만들었고
바람이 불 때마다 흔들렸다.

때때로 좁은길 안쪽에서 뭔가가 들려왔다. 멈춰서서 귀를 기울
여 봤지만 아무것도 들리지 않았다. 하지만 분명, 뭔가의 기척이
느껴졌다. 이 앞에 무언가가 있다. 신중하게 전진하기 시작했다.
심장의 고동이 빨라졌다. 불안일까, 기대일까. 그런 것이 뒤섞여
만들어진 혼란스러운 감정이 가슴 속에서 꿈틀거리고 있었다. 터
널은 서서히 밝아졌다. 출구가 가까워지고 있는 것 같았다. 종종
걸음으로 단숨에 터널을 빠져나갔다.

그곳에는 돌로 된 커다란 계단이 존재했다.

계단은 시야를 뒤덮을 만큼 컸고 하늘을 향해 뻗어 있었다. 고
대 유적을 연상케 하는 새하얀 대리석에는 오랜 세월 동안 수많
은 사람들이 오르내리면서 닳은 흔적이 존재했다.

첫 계단에 발을 얹었다. 등줄기가 서늘해지는 느낌이 들었다.

한순간 주저했지만 결의를 품으며 계단을 올랐다. 이 앞에는 무엇이 있을까? 아까 하늘에 떠 있던 계단을 올라갈 때나 바닷가에 있을 때의 행복감과는 전혀 다르게, 계단을 한 걸음 한 걸음 올라갈 때마다 긴장감이 가슴 속에서 커져만 갔다. 발이 너무 무거웠다. 어째서? 어째서 이렇게 된 것인지 모르겠다. 하지만 위로 올라가지 않을 수 없었다. 그 앞에 있는 것을 확인하고 싶다는 강한 열망이 그녀를 움직이게 했다.

계단 꼭대기에 도달하자 지평선 끝까지 새하얀 대리석이 깔린 광경이 눈에 들어왔다. 아까까지 푸르게 빛나던 하늘은 옅은 구름에 뒤덮인 채 하얗게 빛나고 있었다.

섬뜩할 만큼 허무한 느낌이 감도는, 새하얀 대리석이 깔린 바닥과 새하얀 하늘. 스칼렛은 어쩌면 좋을지 몰라서 멍하니 서 있었다.

이 광장 너머에 그녀의 시선은 못 박혀 있었다.

"……저건……?"

거기에는, 거대한 문이 있었다.

클로디어스

거대한 문이, 광장 너머에 존재했다.

정교한 정육면체 표면에는 이음매가 보이지 않았다. 돌을 쌓은 게 아니라 거대한 바위 하나를 조각해서 만든 듯한, 기하학적인 형태를 지니고 있었다. 스칼렛은 그런 일이 인간에게 가능할 것 같지 않았다. 문 아래편에는 복잡한 문양이 새겨져 있는 것처럼 보이지만, 유심히 보니 그것은 자연스럽게 부식되면서 허물어진 흔적이었다.

그것을 통해, 이 문이 인위적으로 만들어진 게 아니라는 느낌을 받았다. 그런 생각이 들 만큼 미지의 힘으로 만들어진 독창적인 존재감으로 가득 차 있었다.

문 중앙에는 또 하나의 문이 있었다. 세로로 길쭉하고 좌우 두 개로 구성된 그 문은 대성당의 정면문을 연상케 했다. 하지만 대성당과 결정적으로 다른, 이 문의 가장 특징적인 요소는 따로 있었다.

닫힌 문에 거대한 나무로 된 **빗장**이 걸려 있었다.

게다가 그 빗장에는 거대한 쇠사슬이 몇 겹으로 말려 있어서 치우는 건 무리였다. 그것들은 이 문이 절대 열리지 않는다고 선언하고 있는 것만 같았고, 모든 것을 거절하며 그 안에 있는 세계의 비밀을 굳게 지키고 있는 것만 같았다.

끝없는 땅에 있는 유일한 문.

그 문은 어째서 굳게 닫혀 있는 것일까?

문을 닫은 건 대체 누구일까?

생각하면 할수록 알 수가 없었다.

평평한 문 윗부분에는 셀 수도 없을 만큼 많은 새가 조용히 앉아 있었다. 무언가를 기다리듯 가만히 있었다. 저 새들은 이제까지 여행하면서 때때로 본 그 새들일지도 모른다고 그녀는 생각했다. 저 새들이라면 이 수수께끼의 답을 알지도 모른다. 하지만 들을 수 있을 리가 없다.

갑자기 남자의 굵은 목소리가 닫힌 문 너머에서 울려 퍼졌다.

"거대한 문이여. 끝없는 땅으로 이어지는 문이여."

스칼렛은 눈치챘다. 눈앞에 한 남자가 서 있다는 것을 말이다.

"나는 국왕이다. 대군을 이끄는 영웅이다!"

무거워 보이는 붉은 갑옷을 걸친 남자의 뒷모습을 본 순간, 스칼렛의 표정이 싹 바뀌었다.

"⋯⋯클로디어스!"

클로디어스는 스칼렛의 존재를 눈치 못 챈 건지, 문을 향해 한탄하듯 외쳤다.

"그런데, 왜 나를 문 안으로 들여보내 주지 않는 거지? 어째서냐? 어째서?"

하지만 거대한 문은 굳게 닫힌 채 미동조차 하지 않았다.

클로디어스는 절망에 휩싸인 것처럼 두 손으로 머리를 감싸 쥐었다.

"젠장⋯⋯, 여기까지 왔는데⋯⋯. 뭐가 부족한 거지⋯⋯?"

그 뒷모습을 본 스칼렛은 증오와 분노가 몸 안의 피를 끓어오르게 만드는 느낌에 사로잡혔다. 호흡이 거칠어졌고 온몸이 위아래로 떨리고 있었다. 검을 쥐려 했지만 분노로 손이 떨리는 탓에 움켜쥘 수가 없었다.

한편, 클로디어스는 자신의 손바닥을 응시하며⋯⋯.

"피범벅인 손⋯⋯. 내 죄가 그만큼 깊다는 건가⋯⋯."

그렇게 중얼거리더니 양손을 비비기 시작했다. 마치 손에 묻은 보이지 않는 피를 씻어내려는 것만 같았다.

스칼렛은 자신을 진정시킨 후 겨우 검자루를 움켜쥐는 데 성공했다. 거칠어진 호흡을 최대한 진정시키고 클로디어스에게 신중하게 다가갔다.

클로디어스는 마음속을 털어놓듯 혼잣말을 이어갔다.

"도와달라고 기도할 수밖에 없나. 하지만 이제 와서 기도한다고 문이 열릴까? 대체 어떻게? 죄를 지면서까지 얻은 모든 것을 지닌 채로? 왕관, 야심, 왕비……. 그런다고 구원받을 수 있을까?"

얼이 나간 채 하늘을 우러러보면서 절실하기 그지없는 목소리로 호소했다.

스칼렛은 검집에서 조용히 검을 뽑아, 클로디어스에게 들키지 않도록 조용히 그의 등 뒤로 다가갔다. 심장이 격렬하게 두방망이질 쳤다.

"참회……. 할 수밖에 없나. 참회를……."

클로디어스는 천천히 몸을 웅크리더니 무릎을 꿇고 두 손을 모아 쥐며 고개를 숙였다.

"죄 많은 저를, 도와주소서……. 저를, 구원해 주소서……."

몸을 숙이고, 등을 굽히며, 모든 것을 참회하고, 반성하며 기도

하는 것처럼 보였다. 그 등을 쳐다본 스칼렛은 소리가 나지 않도록 신중하게 검을 치켜들었다.

드디어, 복수의 순간이 찾아왔다.

스칼렛은 마음속으로 자신의 기나긴 여정을 회상했다. 이제까지 그녀의 인생은 고통과 갈등의 연속이었다. 아버지를 잃고, 복수를 계획했지만 실패했고, 허무하게 죽음을 맞이하고 말았다. 정신이 나갈 만큼 절망에 휩싸인 채 죽은 자들의 나라를 돌아다녔다. 처절한 고통을 견뎌낼 수 있었던 것은 지금 맞이한 이 복수의 순간을 위해서였다. 그녀는 검자루를 꼭 움켜쥐었다. 심장 고동이 온몸에 울려 퍼졌다. 드디어 이 칼날로 아버지의 원통함을 풀어줄 수 있다. 이 사실이 스칼렛의 가슴을 뜨겁게 만들었다. 마음속 깊은 곳에 숨어 있는 미세한 공포와 주저마저도 분노로 바꿔서 마음을 굳게 먹었다. 클로디어스의 기도가 들려왔다. 과거의 죄를 참회하는 그 모습은 스칼렛의 눈에 무력하고 어리석은 존재처럼 보였다. 검을 치켜들고 강렬한 결의로 온몸을 가득 채우자 눈앞의 광경이 선명하게 보였다. 이것으로 전부 끝난다. 이제까지의 자기 노력이 보답받는 순간이 찾아왔다는 것을 실감했다. 모든 고난이 이 한순간에 응축되어 드디어 이 검이 정의를 위해 휘둘러지는 것이다.

하지만…….

"끝없는 땅을 동경하는 수많은 가련한 이를 위해, 저는 온 힘을 다 해왔습니다……. 그런 저를…… 구원해 주소서……."

클로디어스가 한 말이 스칼렛을 움직이지 못하게 만들었다.

"……?"

그 순간, 문 위쪽에 앉아 있는 새들이 일제히 날아오르면서 엄청난 숫자의 검은 그림자가 하늘을 뒤덮었다.

『끝없는 땅을 동경하는 수많은 가련한 이를 위해』라는 클로디어스의 말이, 스칼렛의 마음에 꽂혔다. 이제까지 품고 있었던, 클로디어스는 순수한 악인이란 확신이 순식간에 무너지려 했다. 설마 이 남자가 그런 말을 입에 담다니……. 그녀의 가슴에서 이제까지와 다른 감정이 샘솟았다. 클로디어스는 분명 악인이다. 아버지를 죽였고 나라를 혼란에 빠뜨린 장본인인 게 틀림없다. 하지만 그의 입에서 나온 말이 그녀의 마음속에 억누를 수 없는 갈등을 만들어내면서 검을 든 채 꼼짝도 못 하게 했다. 이런 말을 믿어서는 안 된다. 이 남자는 이제까지 수도 없이 사람들을 속여왔으니까……, 그런 말이 마음속에서 들려왔다. 한편으로 클로디어스에게도 사람들을 위해 헌신하려 하는 선의가 있는 게 아닐까? 라는 목소리도 동시에 들려왔다. 부왕의 원수를 갚는다는 명확한 목적을 위해 살아온 그녀의 결심이 격렬하게 흔들렸다.

그녀의 혼란에 빠진 가슴 속을 그대로 표현하듯 새들이 어지러이 날았다.

움켜쥔 검이 희미하게 떨리기 시작하더니 스칼렛의 마음은 더욱 혼란에 빠졌다. 클로디어스가 참회하는 모습에 그녀는 무심코 자신의 행동을 돌아보고 말았다. 자신의 이 행동이야말로 정말 올바를까? 그런 의문이 그녀의 머릿속을 좀먹어 들어가고 있었다. 복수를 이뤄야 한다는 강한 마음과 눈앞의 인간이 한 말을 믿고 싶다는 순진무구한 소녀 같은 마음 사이에서, 스칼렛은 검을 치켜든 채 꼼짝도 하지 못했다. 말 한마디에 상대를 믿고 싶어지는 자신의 미숙하고 무른 인간성이, 오랫동안 길러온 복수의 결심을 무너뜨리려 했다.

"……!"

새들의 그림자가 걷히자 광장에 정적이 찾아왔다.

스칼렛의 손에서 힘이 빠지고 검이 텅 하는 소리를 내며 지면에 떨어졌다.

그녀는 깊은 한숨을 토했다. 그리고 클로디어스에게 조용히 말을 건넸다.

"클로디어스 왕, 당신의 진의는 알았습니다. ……다만…….”

지면에 엎드린 클로디어스를 그녀는 차분한 눈길로 응시하며 말을 이었다.

"다만, 하나만 부탁드립니다. 자신이 틀렸다는 것을, 인정해 주십시오. 제 아버지를 죽인 게 옳지 않았다 말하고, 딸인 저에게 용서를 빌어 주십시오."

"으으…… 으……."

클로디어스는 자신의 죄에 짓눌리고 있는 듯한 표정으로 몸을 일으켰다. 떨리는 손으로 몸을 지탱하며 천천히 뒤를 돌아보았다.

"으…… 으으…… 으……."

클로디어스는 눈이 촉촉하게 젖어 있었다. 그 불쌍한 모습에 그녀는 마음이 흔들리고 말았다. 과거의 위엄을 전부 잃고 그저 다 늙어빠진 남자가 이 자리에 있었다. 오랜 세월 그를 증오해 왔지만, 지금 저 주름투성이인 얼굴로 자신을 쳐다보며 힘없이 손을 내미는 모습을 보니 가슴 속을 가득 채운 감정이 서서히 사그라지는 느낌을 받았다.

"……숙부님."

그녀는 무심코 그렇게 중얼거렸다. 클로디어스는 그 말에 반응하여 눈물에 젖은 눈으로 왕녀를 응시했다. 예전의 그에게 존재했던 냉혹함과 모략의 그림자는 사라졌고 그저 애처로운 빛만이 남아 있었다. 그는 위대한 존재에게 구원을 요청하듯 왕녀를 향해 떨리는 손을 뻗었다.

"으으…… 으…… 으으……."

그녀의 가슴이 옥죄어 들었다. 왜 서로를 증오한 것일까? 왜 이렇게 긴 시간을 헛되이 보내고 만 것일까? 만약 대화를 나누려 했다면 이제까지의 고통과 괴로움을 맛보지 않았을지도 모른다. 친족으로서, 피를 나눈 이로서, 더 빨리 서로를 이해할 수 있지 않았을까.

"……숙부님."

클로디어스의 연약한 손이 왕녀의 어깨에 닿은 순간, 그의 눈에서 눈물이 흘러나오는 게 보였다. 그것을 본 그녀의 눈동자에서도 눈물이 치밀어 오르더니 목 깊숙한 곳이 뜨거워졌다. 그의 눈에서는 과거의 불화와 증오를 찾아볼 수 없었다. 그저 깊은 슬픔만이 남아 있을 뿐이었다. 그도 죄의식에 괴로워했을 것이다. 그렇게 상상한 그녀는 이제 그를 증오할 수 없었다. 그는 오랜 세월을 살아온 끝에 모든 것을 잃은 평범한 노인 같아 보였다. 눈물에 젖은 그 눈동자를 응시하자 그녀의 안에 있던 증오가 사그라지면서, 헛되이 보낸 세월의 무게가 또 그녀의 가슴을 짓눌렀다. 그녀는 약해진 숙부를 천천히 안아주려 했다.

바로 그때, 클로디어스는 왕녀의 얼굴에 **침을 뱉었다.**

"……?!"

스칼렛의 얼굴 한가운데에 거품이 섞인 침이 들러붙었다.

클로디어스의 얼굴에 활활 타오르는 듯한 증오로 가득 찬 표정이 어렸다.

"용서를 빌라고? 웃기지 마라."

"아아…… 아……."

말문이 막힌 스칼렛은 눈을 치켜뜨고 그 자리에 못 박힌 듯 서 있었다.

먼 곳에서 천둥이 치더니 먹구름이 하늘을 뒤덮기 시작했다.

클로디어스는 눈을 부릅뜨고 왕녀의 어깨를 잡은 손에 힘을 주며 말을 토했다.

"내가 지금 후회하는 게 있다면, 네가 덜덜 떨며 아무 짓도 못 하도록 네 아비를 더 철저하게 유린한 끝에 죽이지 않았다는 거다. 가죽을 벗기고, 피를 뺀 후, 살을 도려내서, 고통을 견디다 못해 빨리 죽여달라고 애원하는 모습을 너에게 보여줬다면, 이제 와서 그딴 헛소리를 늘어놓기 위해 내 앞에 나타나지도 않았겠지."

아버지를 조롱하는 그 잔학한 말을 듣자 스칼렛의 마음이 오그라들었다. 경악이 온몸을 뒤덮고 얼굴에서 핏기가 사라졌다.

"그, 그러면 아까 전의 참회는……? 사람들을 위해서란 말은……?"

그녀는 떨리는 목소리로 물었다.

"다른 놈들을 데려가봤자 득 될 게 있겠느냐? 끝없는 땅은 나 혼자만의 것이다. 누구에게도 넘겨주지 않겠어."

클로디어스는 밉살스러운 웃음을 터뜨렸다.

숙부가 진심으로 참회한다고 믿었던 그녀의 마음은 무참하게 부서졌다. 자신의 마음이 얼마나 연약하고, 타인을 믿고 싶다는 소망에 사로잡혀 있는지를 깨달았다. 그가 보인 저 연약함도, 저 눈물도, 떨리는 손도, 전부 자신의 잘못된 해석이 보여준 환상일지도 모른다.

그 순간, 스칼렛의 내면에서 무언가가 폭발했다. 격렬한 분노가 온몸을 휘감더니 피가 역류하는 듯한 충동에 사로잡혔다.

"우와아아아아아아아."

폭발하듯 고함을 내질렀다.

번개가 번쩍여서 그녀의 광기에 찬 표정을 비췄다.

증오, 분노, 슬픔이 뒤섞여 스칼렛의 내면에는 그녀를 억제해줄 그 무엇도 남아 있지 않았다. 이 남자를 용서해선 안 된다. 용서할 수 있을 리가 없다. 스칼렛은 격렬한 살의와 광기에 휩싸였다. 클로디어스에게 달려들어서 그의 얼굴에 온 힘을 다해 손톱을 박아 넣었다.

"당신처럼 욕심에 찬 추악한 마음을 지닌 자가 왜 여기 있는 건데? 사람의 마음을 짓밟는 당신 같은 인간이, 왜 끝없는 땅에 가기를 원하는 거냐고!"

클로디어스의 얼굴을 뭉개버릴 기세로 모든 힘을 열 개의 손가락에 담았다.

"그런 당신에게 아버지가 얼마나 고통받았는지, 얼마나 원통했을지, 수천 분의 일이라도 알려줄까?"

이가 드러날 만큼 벌어진 입술 사이에서 격렬한 증오로 가득 찬 말이 독처럼 쏟아져 나왔다.

"응? 알려줄까?!"

증오는 말로 표현할 수 없을 정도로 거대했으며 하나의 답밖에 찾아내지 못했다. 복수 이외의 길은 없다, 는 답 말이다.

왕녀가 그런 힘을 발휘하자 클로디어스는 고통에 휩싸인 채 부들부들 떨었다. 눈이 까뒤집힌 채로 침을 질질 흘리면서 몸을 뒤편으로 젖혔다.

"우와아아아아아아아아아아."

그녀는 침으로 범벅이 된 얼굴로 절규를 토했다.

드디어 복수의 순간이 찾아왔다.

하지만, 바로 그때였다.

『용서해라.』

아버지인 암렛의 목소리가 그녀의 가슴에 울려퍼졌다.

"윽……."

스칼렛은 화들짝 놀라 무심코 손에서 힘을 뺐다. 고개를 저어서 그 목소리를 떨쳐내려 했다. 이제 와서 용서할 수 있을 리가 없다.

하지만…….

『용서해라.』

또 아버지의 목소리가 그녀의 마음을 뒤흔들었다.

"으윽……."

그녀는 눈을 꼭 감았다.

천둥이 쳤다.

클로디어스에게서 손을 뗀 그녀는 그 손으로 자신의 머리를 감싸안았다. 하지만 아버지의 목소리로부터 도망칠 수는 없었다.

용서해라, 라는 건가요. 복수를 단념해라, 라는 건가요. 왜. 어째서. 용서할 수 없다. 용서할 수 있을 리가 없다.

그렇게 생각하면 할수록 스칼렛은 광기의 구렁텅이로 몰려갔다. 격렬한 갈등에 휩싸여 맹수 같은 괴성을 지르면서 몸을 비틀었다.

"아아아아아아아아아아아아아아아아."

스칼렛의 마음이 한계에 도달하자, 몸 안에서 무언가가 망가지려 했다. 격렬한 복수심과 아버지의 용서하라는 말 사이에서 혼이 찢겨질 것만 같았다. 이대로 있다간 그녀의 존재 자체, 몸 자체가 둘로 찢어질 것만 같았다.

"아아아아아아아아아아아아아아아아."

가슴 속의 세계.

지면에 드리워진 그림자 옆에 또 하나의 그림자가 나타났다.

또 하나의 냉철한 그녀였다. 고통에 사로잡힌 그녀를 차가운 눈길로 내려다보고 있었다.

스칼렛의, 고뇌에 찬 목소리가 물었다.

"나는, 복수를 완수해야만 할까, 아니면 전부 용서해야만 할까?"

"복수를 달성해야 할까, 전부 용서해야만 할까?"

냉정한 스칼렛은 차가운 목소리로 말을 따라 할 뿐이었다.

"아아아아아아."

고뇌에 찬 스칼렛은 격렬하게 울부짖더니 자신을 끌어안으며 몸을 부르르 떨었다. 격렬한 동요 속에서 자신이 무엇을 해야 할지 알 수 없었다.

"왜 이렇게 고통을 받아야만 하지? 이렇게 나를 괴롭히는 건 뭐야?"

냉정한 스칼렛은 혼란에 빠진 자신을 응시하며 조용히 물었다.

"모르겠어."

고뇌에 찬 스칼렛은 미친 듯 울부짖었다.

"다른 삶을 찾지 못하는 건 어째서야?"

"몰라, 몰라, 몰라!"

자신을 지탱하는 것이 무너지면서 스칼렛은 무한한 허무에 삼켜지는 공포를 느꼈다.

"그럼, 이제 틀렸어."

냉정한 스칼렛은 체념한 투로 말했다.

고뇌에 찬 스칼렛은 짓눌리고 있는 자기 자신을 끌어안으며 중얼거렸다.

"하지만 어쩔 수 없잖아……. 이제까지 이렇게 살아왔는걸……."

"그건 그래. 역시 진짜로 끝이네."

냉정한 목소리가 동의했다.

고뇌에 빠진 스칼렛은 지면에 무너지듯 주저앉았다.

고통에 찬 스칼렛과, 냉정한 스칼렛. 두 사람의 목소리가 동시에 이야기를 시작했다.

"증오에게서 검을 배우고, 복수를 위해, 아버지를 위해, 고통스러워하는 백성을 위해, 모든 것을 바치며, 몇 번이고 몇 번이고 몇 번이고, 자기를 억누르며……."

스칼렛은 깊은 어둠에 휩싸인 채 멈춰 섰다.

"자기 자신에게 이리해야만 한다고 되뇌면서, 이제까지 쭉 자기 자신을 용서하지 않고 살아왔으니까……, 자기 자신을, 용서하지 않고……, 자기, 자신을…… 용서……하지…… 않고……."

스칼렛은 화들짝 놀라면서 눈을 치켜떴다.

"자기 자신을……."

입술에서, 작은 목소리가 흘러나왔다.

『용서해라.』

아버지의 목소리가 기억 밑바닥에서 흘러나왔다.

그녀는 다시 한번, 소리 없는 목소리로 그 말을 되풀이했다.

"자기 자신을……."

『용서해라.』

아버지의 목소리가 또 가슴속에서 조용히 울려 퍼졌다.

그녀는 하늘을 우러러보면서 자기 입술로 중얼거렸다.

"자신을……, 용서해라……."

마치 기나긴 어둠의 여로 끝에서 불현듯 광명을 발견한 것만 같았다.

번개가 쳤다.

하늘에서 한 방울의 이슬이 떨어지더니 그녀의 코에 닿아서 튀었다.

그 후, 빗방울이 계속 떨어졌다. 차가운 이슬이 멍하니 서 있는 스칼렛의 몸을 때렸다. 뜨겁게 달아오른 몸을 빗방울이 식혀줬다.

비가 내리는 광장 어딘가에서 속삭이는 목소리가 들려왔다.

『……스칼렛…….』

이름을 불린 그녀는 목소리가 들린 쪽을 돌아봤다.

비 너머에서 기묘한 일렁임이 발생했다. 공기 일부가 일곱 빛깔의 프리즘처럼 희미하게 빛나고 있었다.

"……?"

어렴풋하게 사람의 형태가 보이기 시작했다. 그 윤곽이 서서히 또렷해졌다.

이윽고 그녀에게 있어 잊을 수 없는 인물의 모습이 나타났다.

"아아……."

가슴 속이 크게 떨려서 무심코 숨을 삼켰다.

눈앞에 나타난 이는 바로 아버지였다.

"……아버지!"

스칼렛의 목소리가 놀라움에 휩싸여서 떨렸다.

『나를 위해 복수 같은 바보짓을 하지 말거라.』

"아아……."

그녀는 떨리는 손을 내밀었다.

아버지가 지금 이렇게 이 자리에 나타난 것이 믿기지 않았다.

이 현상은 대체 뭘까? 끝없는 땅의 특별한 비가 보여주는 환상일까. 아니면 이미 허무가 된 아버지의, 딸을 향한 마음이 끝없는 땅의 불가사의한 힘으로 현현된 것일까…….

『증오에 사로잡혀 누군가를 계속 증오하는 게 아니라, 실은 네가 되고 싶은 너 자신이 있을 거란다.』

"으으으……."

아버지는 명백하게 이 자리에 나타나서 말을 건네고 있는 게 아니다. 프리즘처럼 반짝이는 그 모습은 예전에 기록된 것이 재생되고 있는 부자연스러운 느낌이었다. 마음만이 잔류 사념으로서 남아 있는 것일까. 설령 그럴지라도, 그녀에게 아버지의 환상은 자신을 따뜻하게 상냥한 눈길로 응시해주고 있는 것 같았다.

『네 인생을, 소중히 살아주렴.』

"ㅇㅇㅇㅇㅇ……."

아버지의 목소리가 가슴에 스며들자 뜨거운 눈물이 터져 나왔다. 오랫동안 얼어붙어 있던 마음이 천천히 녹기 시작했다.

『너답게, 자유롭게 빛나쳤으면 한단다.』

"아버지……."

눈물에 젖은 얼굴을 들고 아버지에게 안기기 위해 두 손을 펼쳤다. 아버지 또한 딸의 등 뒤로 손을 두르며 꼭 안아주려 했다.

하지만 그녀의 손은 허공을 갈랐다. 아버지의 환상은 순식간에 사라졌다. 그 대신, 그녀의 가슴 속에서 종잇조각이 흩날렸다. 그것은 과거에 그녀가 서툰 솜씨로 아버지의 얼굴을 그렸던 종이였다.

비가 본격적으로 내리기 시작하더니 광장 전체에 쏟아져 내렸다.

스칼렛은 무릎을 꿇은 채 비를 맞으면서 그 종잇조각을 움켜쥐었다.

"ㅇㅇ…… ㅇ…… ㅇ……."

그녀는 등을 동그랗게 말고 소리 내어 울었다. 비는 그 등을 때리면서 차갑게 젖은 지면에서 눈물과 뒤섞였다.

"ㅇㅇㅇㅇㅇㅇ윽……."

목소리는 빗소리에 파묻히는 일없이 광장에 울려 퍼졌다.

비는 더욱 격렬하게 쏟아졌다.

클로디어스는 발치에 떨어진 스칼렛의 검을 움켜쥐고 들키지 않도록 조심조심 잡아당겼다.

멀리서 천둥소리가 들려왔다.

스칼렛은 몸을 웅크린 채 꼼짝도 하지 않았다.

자세를 낮춘 클로디어스가 살금살금 그녀에게 다가갔다. 빗방울을 맞으며 낮은 목소리로 중얼거렸다.

"잘 들어라……. 여기는 너 같은 패배자의 딸이 올 곳이 아니다……."

클로디어스는 한 걸음, 또 한 걸음 내디디며 스칼렛에게 다가갔다.

닫힌 문에도 빗방울이 떨어졌다.

"끝없는 땅은 나만의 것이다. 누구도 들여보내주지 않겠어. 나와 왕비만이 이 문 너머로 갈 것이다."

스칼렛은 여전히 미동조차 하지 않았다.

천둥이 쳤다. 이 근처에 떨어진 것 같았다.

충분히 접근한 클로디어스는 비를 맞으며 몸을 일으킨 후 스칼렛을 향해 검을 치켜들었다.

"허무가 되어라! 비참한 네 아비의 뒤를 따라라!"

그렇게 외치면서 혼신의 힘을 담아 휘두르려 했다.

바로 그때, 몸을 일으킨 스칼렛은 천천히 뒤를 돌아보았다. 그리고 이제까지와 다른 진지한 눈길로 클로디어스를 응시했다. 상대가 검을 들고 있는데도 무방비하기 그지없었고 경계심 또한 품고 있지 않았다.

"윽."

클로디어스는 흠칫하며 검을 쥔 손을 멈췄다.

"당신을 용서한 건 아냐. 용서할 수 있을 리가 없어. 하지만……"

스칼렛은 눈조차 깜빡이지 않고 그의 눈을 지그시 응시했다.

그 눈빛에 압도당한 클로디어스는 꼼짝도 할 수 없었다.

"이제 관둘 거야. 다툼이 끝나길 이제까지 빌어온 모든 사람을 위해서……"

흔들림 없는 의지가 스칼렛의 목소리에 담겼다.

"그래서, 미래의 사람들이 평화롭고 사이좋게 살 수 있을지도 모른다면……"

스칼렛은 자신의 존엄을 드러내듯 클로디어스를 응시하며 딱 잘라 그렇게 말했다. 그녀의 무방비하고 경계심이 없는 태도는, 방금 한 말이 빈말이 아니라는 것을 증명했다.

하지만 클로디어스의 마음은 변하지 않았다. 증오에 찬 눈으로 스칼렛을 노려볼 뿐이다.

"멍청한 것이 허울좋은 소리나 늘어놓는구나!"

다시 검을 머리 위로 높이 치켜든 그는 성난 목소리로 말을 이으면서 검을 휘두르려 했다.

"흔적도 없이 사라져라! 사라져 버리란 말이다!"

바로 그 순간이었다.

하늘을 찢을 듯한 섬광이 뿜어졌다. 그 눈부신 빛이 클로디어스의 검에 정통으로 꽂혔다.

거대한 번개와 엄청난 진동. 그리고…….

"아아아아아아아아."

그의 비명이 광장에 울려 퍼졌다.

하늘을 뒤덮은 먹구름 너머에 거대한 드래곤의 그림자가 떠 있었다.

시뻘겋게 달아오른 검에 빗방울이 떨어지자 그대로 증기가 피어올랐다. 살이 타들어가는 냄새가 주위를 가득 채웠다.

드래곤은 이어서 또 번개를 날렸다.

섬광이 클로디어스에게 또 꽂히더니 사방팔방으로 불똥이 튀었다.

"아아아아아아아아아아아."

구름 너머에서 드래곤의 그림자가 조그마한 입자로 나뉘기 시작했다. 그 입자 하나하나가 날갯짓하고 있는 것처럼 보였다.

새다. 새 무리다.

드래곤의 그림자 같아 보인 그것은 무수한 새의 집합체였다. 이 죽은 자들의 나라에서 드래곤은 대체 어떤 존재인지, 그것이 뿜는 번개가 무엇인지, 누구도 알지 못했다. 하지만 이 세상을 관장하는 유일한 절대적 존재는 아닌 것 같았다.

클로디어스는 자기 손바닥을 보고 아연실색했다.

"아아아아아아."

번개에 타들어 간 오른팔은 낙엽이 바스러지듯 부서졌다.

오른팔만이 아니다. 온몸이 리히텐베르크 도형으로 뒤덮이며 부서졌다. 아까 맡은 살이 타들어가는 냄새는 클로디어스에게서 풍긴 것이었다. 이제는 막을 수 없다. 몸을 흔들면서 왼쪽 무릎이 부서지자 균형을 잃고 그대로 쓰러졌다. 온몸이 가련하다는 생각이 들 만큼 산산이 부서졌다. 클로디어스는 비명을 지르고 애벌레처럼 바닥을 기더니, 팔의 힘만으로 기어가며 필사적으로 손을 뻗어 무언가에 매달리려 했다.

"아아, 거트루드. 부탁이다. 도와다오. 끝없는 땅은……, 아아,

거트루드! 끝없는 땅이 눈앞에 있는데⋯⋯!"

하지만 그가 매달린 상대는 거트루드가 아니었다.

스칼렛이었다.

클로디어스는 공포에 빠져 정신이 나간 건지 스칼렛의 허벅지에 갓난아기처럼 매달렸다.

"사라지기 싫어. 허무가 되고 싶지 않아. 허무가 되는 건 싫단 말이다!"

스칼렛은 무표정한 얼굴로 이 가련한 왕을 내려다봤다. 이제는 증오도, 동정심도 느껴지지 않았다.

"도와줘, 거트루드! 살려줘, 죽고 싶지 않아!"

절망과 공포로 일그러진, 낙뢰흔으로 뒤덮인 추악한 얼굴이 바스러졌다.

"죽고 싶지 않아아아아아아. 아아아아아아!"

스칼렛에게 매달린 채 몸이 소멸했다.

클로디어스의 마지막 말이, 단말마의 외침이 되어 광장에 울려 퍼졌다.

"아아아아아아아아아아아아아⋯⋯!"

길고 깊은 한숨 소리에 맞춰, 텅 빈 갑옷과 왕관이 물웅덩이에 빠지면서 파문을 일으켰다.

클로디어스는 완전히 사라지고 말았다.

이 광장의 중심에는 스칼렛만이 남아 있었다.

비는 이미 그쳤고 그녀의 몸에서 흘러내리는 물방울이 방울져서 조용히 떨어졌다.

그리고…….

삶과 죽음

비가 그치자, 구름 사이로 해질녘의 빛이 쏟아졌다.

무수한 파문이 조용히 사라지면서 광장은 물의 정원으로 변모했다. 구름과 하늘이 수면에 비치면서 그 경계선이 모호해지더니 하늘과 땅이 녹으며 섞여 들어갔다.

스칼렛은 닫힌 문 앞에 서 있었다. 기나긴 싸움을 마치고 강렬한 긴장에서 겨우 해방된 직후인지라, 아직 꿈과 현실의 틈바구니에 있는 느낌이 들었다.

천천히 뒤를 돌아보니 흐릿한 공간 너머에서 누군가가 다가오고 있었다.

히지리였다.

그 모습이 스칼렛이 여행을 시작한 순간에 꿈에서 본 광경과 포개졌다. 그렇다. 그때 본『운명의 사람』이 바로 히지리였던 것이다. 그렇게 생각한 순간, 긴장의 끈이 끊어진 것인지 그녀는 갑자기 선 채로 의식을 잃었다.

그것을 눈치챈 히지리가 물을 튀기며 달려와 그녀가 물의 정원에 쓰러지기 전에 끌어안았다.

"……."

그의 품속에서 온기를 느낀 스칼렛은 그제야 안도했다.

"드디어…… 드디어, 해냈어……. 이제, 사라져도 여한이 없어."

스칼렛은 만족한 듯이 속삭였다.

하지만 히지리는 뜻밖의 대답을 했다.

"스칼렛, 그렇지 않아."

"뭐?"

그녀는 그를 올려다보았다.

광장 가장자리에서 수많은 이들이 두 사람을 응시하고 있었다. 계단을 올라와 끝없는 땅의 앞마당에 도착한 그들은 멀리서 이제까지의 일을 조용히 지켜보고 있었다. 행상인 소녀와 캐러밴의 노인들, 코넬리우스와 볼티먼드의 모습도 보였다.

닫힌 문 쪽에서 노파가 스칼렛과 히지리를 향해 천천히 걸어왔다.

"인간은 아직 이곳을 죽은 자들의 나라나, 끝없는 땅이라고 멋대로 부르지만, 그건 착각이다. 여기는 삶과 죽음이 뒤섞인 장소. 그 둘은 대립하지 않지. 삶과 죽음만이 아니라, 시간도 마찬가지야. 여기서는 과거도 미래도 항상 융합돼. 너희가 함께 있는 것도 그래서다. 자……."

노파는 멈춰서서 스칼렛과 히지리를 번갈아 쳐다봤다.

"이 자리에 있는 두 사람 중, 죽지 않은 사람이 한 명 섞여 있다."

"……죽지 않은 사람?"

스칼렛은 그 말을 중얼거렸다.

"그자는 이곳에 있을 수 있는 시간이 얼마 남지 않았다. 눈뜰 때가 머지않았거든. 더는 이곳에 있을 수 없고, 원래 있던 장소로 돌아가야만 해."

노파가 그렇게 말하자 히지리의 표정이 딱딱하게 굳었다. 뭔가 중요한 사실을 깨달은 것처럼…….

스칼렛은 과거의 일을 떠올리고 확신에 찬 표정으로 노파를 쳐다봤다.

"……네. 그가 바로 죽지 않은 사람이에요. 처음에 만났을 때, 자기는 죽지 않았다고 말했었죠. 뭔가 잘못되어서 여기에 왔다고도요. 그러니……."

히지리는 그녀의 말을 끊었다.

"아니, 내가 아냐."

"뭐?"

"그건 너야, 스칼렛."

히지리는 조용히, 확고한 어조로 말했다.

"……?"

스칼렛은 깜짝 놀라 믿기지 않는다는 심정으로 그를 쳐다봤다.

"생각났거든. 나는 분명 죽었어."

히지리는 그녀를 응시하면서 딱 잘라 말했다.

그녀는 말문이 막혔다.

여러 개의 파문이 소리 없이 물의 정원에 퍼져 나갔다.

히지리의 기억 속에서 자기 모습이 선명히 떠올랐다.

의료용 가방을 어깨에 걸치고, 동료 의사 및 응급구조사와 함께 거리의 인파 속을 나아가며 현장으로 향하고 있었다. 그런 와중에 무선으로 정보가 들어왔다.

『소방재난본부로부터 모든 구급차에 알린다. 구급차 출동. 남성은 쓰러진 채 의식이 없다.』

남성이 승용차에 치였다는 정보였다.

히지리는 초등학생용 가방을 멘 아이들과 엇갈렸다. 아이들의 조그마한 미소에 히지리 또한 미소로 답했다.

무선이 갱신됐다.

『긴급. 긴급. 소방재난본부로부터 구급차에 알린다. 본 안건은 나이프 살상 사건일 우려가 있다. 피의자를 유의하며 활동하도록.』

차에 치인 게 아닌가, 그렇게 생각한 히지리는 마음을 고쳐먹었다. 현장 정보 중 8할가량은 틀렸다고 여겨진다. 신고 내용과 현장의 상황이 전혀 다른 건 흔한 일이다. 예를 들어 지하철 신경가스 사건은 처음에 폭발이 일어났다고 신고됐다. 하지만 실제로는 폭발이 아니었다. 히지리는 지금 가진 장비로 자상에 대처할 수 있을지를 머릿속으로 확인했다.

바로 그때, 어떤 기척을 느끼고 앞을 바라봤다.

한 남자가 앞에서 다가오고 있었다. 오른손에 피 묻은 나이프를 쥐고 있었다.

히지리는 화들짝 놀랐다. 저 남자와, 무선으로 들은 살상 사건이 매듭지어졌다. 동행하는 의사와 응급구조사는 아직 저 남자를 발견하지 못했다.

바로 그때, 경고 무선이 들려왔다.

『아직 피의자가 체포되지 않은 듯하니, 현장에서 활동 중인 분은 유의 바랍니다.』

히지리는 즉시 뒤를 돌아보았다. 그곳에는 방금 엇갈렸던 아이들이 있었다.

남자가 나이프를 내밀면서 이쪽으로 다가오는 광경이 보였다.

히지리는 두 팔을 크게 펼쳐 자기 몸을 방패 삼아 그를 막으려 했다. 전부 순식간에 벌어진 일이었다. 히지리는 아이들을 지키려는 의지만으로 행동했다.

그 후 히지리는 자기 직장으로 돌아갔다.

자신이 일하는 도심의 응급 구조 센터. 내부에 줄지어 놓인 의료 기구가 반짝거리고 의사와 간호사는 쉴 틈 없이 거기서 일한다. 집중치료실의 침대 위에서는 튜브와 센서에 둘러싸여 있는 환자가 생사의 갈림길을 헤매고 있었다.

그 환자가 바로, 히지리 본인이었다.

"……죽을 생각은 없었어. 아무 생각 없이 거의 반사적으로 나섰지. 그래서, 자기가 죽었다는 걸 몰랐던 거야. 죽지 않았다고, 쭉 생각했어."

히지리는 자신에게 말하듯 그렇게 중얼거렸다.

그가 떠올린 기억은 무겁기 그지없었고, 어찌하면 좋을지 모를 정도의 강렬한 충격을 스칼렛에게 안겨줬다.

"……!"

"나는, 죽었어. 그러니 죽지 않은 사람이 있다면, 그건 너야."

히지리는 확고한 눈빛으로 왕녀를 응시했다.

스칼렛은 그 한마디를 듣고 세상이 다 무너지는 느낌을 받았다.

"……나일 리가 없어. 나일 리가 없어."

그녀는 떨면서 고개를 저었다. 머릿속이 그 말에 대한 부정으로 가득 찼다.

히지리가 천천히 왼손을 치웠다. 거기에는 깊은 상처가 나 있었다.

"상처가 너무 깊어서 장기까지 손상됐어. 혈종이 지혈을 해줬지만, 다시 출혈이 시작됐지."

아까 히지리가 로젠크란츠를 화살로 찔렀을 때 상대의 단검 또한 히지리의 허리에 깊숙이 박혔다. 그래서 발치에 피가 방울져 떨어졌던 것이다.

산꼭대기 근처에서 히지리가 옆구리를 감싸쥔 채 몸을 웅크리고 있었던 것 또한, 그래서였다.

"헉……?!"

그 사실을 이해한 순간, 스칼렛의 얼굴에서 핏기가 사라졌다.

히지리의 허리에 난 상처에서 마른 나뭇잎이 소용돌이에 의해 바스러지는 현상이 일어났다. 이 현상이 발생한 후 존재가 소멸해 사라지는 이들을 몇 명이나 봐왔다.

그것과 같은 현상이 히지리에게도 일어나고 말았다.

"맙소사……, 아냐, 내가 아냐! 히지리! 네가 살아줘!"

스칼렛은 심장이 옥죄어드는 것처럼 숨을 헐떡이며 그렇게 외쳤다.

하지만 히지리는 조용히, 그리고 흔들림 없는 의지를 담아서 고개를 저었다.

그녀는 절망에 빠지려 했다. 그를 잃는다는 것은 상상조차 할 수 없었다.

"나도 남을래. 나도 히지리와 같이 있을 거야!"

하지만 히지리는 다시 고개를 저을 뿐이었다.

히지리의 눈에 깊은 체념이 어리는 것과 동시에, 자기 행동에 대한 긍지가 어려 있는 것처럼 보였다.

"……아아, 신이시여."

스칼렛은 고개를 푹 숙이더니 노파에게 애원하는 눈길을 보냈다.

"나는 됐으니까, 히지리를 되살려줘!"

"안 된다."

노파는 딱 잘라 말했다.

"부탁이야, 나 대신, 제발……!"

그녀는 진심으로 애원했다.

"안 된다."

노파의 대답은 동일했다.

바로 그때, 두근 하며 스칼렛의 가슴이 크게 뛰었다. 그 고동은 온몸을 뒤흔들 만큼 강렬했다.

"……?!"

그녀는 깜짝 놀라 두 손으로 가슴을 움켜쥐며 확인했다.

가슴 속의 심장 고동에 맞춰 빛이 뿜어져 나왔다. 두근, 두근 하며 심장이 강렬하게 율동하는 것이 손바닥을 통해 느껴졌다. 그녀가 아직 살아 있다는 것을 증명하듯……. 그녀는 당황하고, 혼란스러워하며, 무심코 가슴을 손으로 가렸다. 히지리에게서 돌아선 채 손바닥으로 얼굴을 감싸고 몸을 웅크렸다. 자기 심장 고동을 히지리에게 알려주고 싶지 않았다.

"살아선(to be) 안 돼……. 복수에 사로잡혔던 나는 죽어야(not to be) 마땅해……."

죽어야 마땅하다는 말이, 가슴 고동을 약하게 만들었다. 빛이 점점 약해졌다. 히지리보다 자신에게 살 가치가 있을까, 그렇게 자기 심장에게 물었다. 히지리의 목숨이 스러져 가려 하는 운명과 현실을, 그녀는 도저히 받아들일 수 없었다.

히지리는 그 변화를 눈치챘다.

"……아냐."

그렇게 말하고 스칼렛의 어깨를 잡더니 자신을 향해 그녀의 몸을 돌렸다.

"너는 살아줘, 스칼렛."

"싫어."

"살아줘. 살고 싶다고 자기 입으로 말하는 거야."

히지리는 결의에 찬 눈으로 스칼렛을 응시했다.

"싫어."

그녀는 완강하게 거부했다.

히지리는 그녀의 어깨를 거칠게 흔들었다.

"살고 싶다고 말하란 말이야!"

"싫어, 히지리와 헤어지게 되잖아!"

그녀의 눈에서 눈물이 흘러나왔다.

하지만 히지리는 흔들리지 않았다.

"그래도 해야 해! 너는 살아!"

"헤어지고 싶지 않아!"

"살고 싶어, 하고! 네 입으로 말해! 살고 싶어, 살고 싶어!"

히지리의 강한 의지가 그녀의 몸 깊숙한 곳까지 울려 퍼졌다. 가슴 깊은 곳에 쭉 숨겨져 있던 마음이 존재한다는 것을 그제야 눈치챘다. 그녀는 떨리는 입술로 쥐어 짜내듯 작게 말했다.

"……살고 싶어."

그러자 가슴의 고동과 빛이 다시 강해졌다.

그것을 본 히지리는 재촉하듯, 격려하듯 그녀를 흔들었다.

"더 말해! 살고 싶다고!"

"살고 싶어……."

고동이 점점 커지더니 빛이 강렬해지기 시작했다.

"더!"

히지리는 더 그렇게 외쳤다.

스칼렛의 내면에서 자신을 옥죄고 있던 것들이 드디어 붕괴했다. 그리고 이제까지 억눌려 있던 진짜 마음이, 입 밖으로 터져 나왔다.

"살고 싶어……! 살고 싶어……, 살고 싶어!"

스칼렛은 마치 다시 태어난 것처럼 모든 힘을 쥐어짜내 그렇게 외쳤다.

그 모습을 본 히지리는 만족한 듯이 웃은 후 기쁨을 공유하듯 고개를 끄덕였다.

그녀는 눈물을 줄줄 흘리면서 거친 숨을 내쉬며 말했다.

"살아서, 히지리가 태어날 미래에 조금이라도 다툼이 없어질 수 있도록 노력할 거야! 미래가 바뀌면, 히지리도 죽지 않을 거잖아? 그걸 위해, 내가 할 수 있는 일을 뭐든 하겠어! 그러면 히지리는 더 오래 살 거야! 가족을 만들고, 자식을 기르고, 좋은 할아버지가 될 거야!"

그것은 히지리를 향한 맹세의 말이었다. 그녀는 눈물을 줄줄 흘리며 히지리를 향한 마음을 순수하게, 솔직하게, 어린애처럼 입에 담았다.

그 마음이 히지리의 가슴에 닿았다. 그는 미소를 머금더니 말없이 몇 번이나 고개를 끄덕였다.

마음이 벅차오른 그녀는 히지리를 끌어안았다.

히지리도 그녀를 끌어안았다.

해질녘의 구름 사이로 한 줄기 빛이 쏟아졌고 히지리와 스칼렛을 비췄다.

두 사람 중 스칼렛의 몸만이 허공에 떠올랐다. 빛은 그녀를 원래 세계로 인도하는 길잡이였다.

"……."

히지리는 떠오르는 스칼렛을 향해 미소 지으면서 조용히 올려다봤다. 영원한 작별을 받아들인 자만이 지닐 수 있는 정적이 감돌았다.

그런 그와 대조적으로, 히지리의 가슴 언저리에는 소용돌이치고 있는 거대한 구멍이 돌이킬 수 없을 만큼 커졌다.

떠오르면서 그런 그의 모습을 본 스칼렛은 견딜 수가 없었다. 눈물이 방울지더니 줄줄 흘러내렸다.

히지리의 몸이 낙엽처럼 점점 바스러졌다.

이제 진정으로 작별하는 것이다.

그렇게 오랜 시간을 함께 여행했는데 만난 후로 쭉 도움만 받았는데, 쭉 자신을 지켜봐 준 사람인데, 히지리에게 아무 말도 못했다. 그날 밤, 자신을 안아준 그에게 자신의 마음을 전혀 전하지 못했다. 이대로 있다간 아무것도 전하지 못한 채, 헤어지고 말 것이다. 아무것도 못한 채, 히지리는 사라지고 말 것이다.

스칼렛은 무심코 두 손을 뻗어 히지리의 볼에 댔다. 그의 남자다운 볼의 감촉을 느꼈다. 히지리는 흔들림 없는 눈길로 그녀를 응시하며 미소 짓고 있었다. 그 미소를 본 그녀의 가슴에서 애처로울 만큼 뜨거운 마음이 샘솟았다.

"……!"

스칼렛은 허공에 떠오르는 힘을 거스르며 양손으로 히지리의 볼을 자기 쪽으로 끌어당겼다.

서로의 얼굴이 가까워지더니 두 사람은 입술을 포갰다.

마지막으로 작별의 키스를 나눈 것이다.

"……."

얼굴을 떼면서 히지리의 얼굴을 한 번 더 응시한 스칼렛은, 눈물이 가득 맺힌 얼굴로 미소 지었다.

히지리 또한 스칼렛을 향해 다시 미소 지었다. 그의 눈썹이 살짝 처져 있었다. 슬퍼하고 있는 걸지도 모른다. 그 모습을 본 것만으로도 그녀는 기뻤다.

스칼렛의 손이 히지리의 볼에서 떨어졌다.

눈물을 흩뿌리며 하늘로 계속 떠올랐다.

히지리는 소용돌이에 휘말려 소멸하면서도 상냥한 눈길로 그녀를 계속 응시했다.

스칼렛 또한 미소를 머금고 히지리를 응시했다.

"……."

히지리는 나무가 바스러지듯 소용돌이에 휘말려 사라져갔다.

스칼렛은 상공으로 점점 떠올랐다.

그리고 히지리의 몸은 흔적도 없이 사라졌다.

그녀의 모습 또한, 하늘의 조그마한 점이 되었다.

광장에 있는 수많은 이들이 이 광경을 목격했다.

캐러밴 사람들과 코넬리우스, 볼티먼드도 하늘에 있는 점을 지그시 응시했다.

그 소녀도 이 모든 일을 목격한 증인처럼 멀어져 가는 스칼렛을 배웅했다.

스칼렛의 모습은 하늘 저편으로 완전히 사라졌다.

"인간이란 무엇인가?"

노파는 하늘을 올려다보며 예전과 똑같은 질문을 낮은 목소리로 입에 담았다.

"죽음이란? 삶이란? 그리고, 사랑이란?"

바로 그때, 무거운 문이 열리는 소리가 들렸다.

문은 여전히 빗장과 쇠사슬로 닫혀 있었다. 하지만 수면에 비친 문에는 어느새 빗장과 쇠사슬이 없었다.

수면에 비친 문만이 천천히 열리고 있었다.

광장에 있는 수많은 사람들은 그 너머를 지그시 쳐다봤다.

천국의, 문 너머를······.

귀환

감고 있던 눈을 치켜떴다.

다음 순간, 새하얀 시트 위에서 가슴이 들썩일 만큼 거친 숨을 내쉬었다. 얼굴에는 식은땀이 맺혀 있었다. 여기는 어디? 나는 뭘 하고 있는 거야? 아까까지 석양이 드리워진 구름 위에 있었잖아.

스칼렛의 눈에 비친 것은 익숙한 침대의 천장이었다. 세밀한 자수가 놓인 천이 조용히 흔들리고 있었다. 엘시노어 성 한편에 있는 자기 방에 부드러운 빛이 스며들고 있었다. 창문을 통해 파도 소리가 희미하게 들려왔다.

하지만 그 정적은 시녀들의 다급한 발소리에 의해 깨졌다.

"왕녀님!"

"왕녀님이 되살아나셨어!"

"아아, 설마······."

"해독제가 효과를 보인 거야."

"기적이 일어났어!"

시녀들의 환희가 복도 너머로 그녀의 귀까지 전해졌다. 놀라움과 안도, 그리고 약간 눈물에 젖은 목소리도 들려왔다.

그녀는 얼이 나간 채 천천히 침대에서 몸을 일으켰다. 시녀들의 환성이 마치 머나먼 세계의 일처럼 느껴졌다.

설마······ 이제까지의 일은 전부, 꿈······?

현실과 꿈의 경계가 모호했다. 자신이 경험한 그 장대한 망자의 세계, 괴롭고 힘들었던 여정, 자신의 성장과 결의. 그 모든 것이 꿈이 아니었을까, 라는 의문에 휩싸였다.

문득 오른손에 감긴 붕대가 눈에 들어왔다. 그 붕대의 감촉은 부드러웠고 그녀의 손에 세심하게 감겨 있었다.

망자의 세계에서 히지리가 감아준 붕대였다.

그것이, 자신이 한 경험은 꿈이 아니라는 증거였다.

붕대를 응시하면서 히지리를 떠올린 스칼렛은 깊이 숨을 들이마신 후 천천히 내뱉었다.

서늘한 오전의 햇살이 성 집무실에 조용히 스며들었다. 그 한

가운데에는 문양이 새겨진 천으로 덮인 유해가 널브러져 있었다.

클로디어스의 시체다.

스칼렛은 그 옆에 서서 그 창백한 얼굴을 내려다봤다.

옆에 선 시녀가 조금 떨어진 거리에서 자초지종을 담담히 설명
했다.

"왕녀님께서 혼수상태에 빠진 사이의 일이에요. 누군가를 암
살하기 위해 준비한 독이 든 잔을 실수로 자기가 마시더니, 그대
로……. 허무한 최후였어요."

그녀의 귀에는 그런 경위가 허무하게 들려왔다. 그 이야기를
듣고도 아무런 감회에 사로잡히지 않았다. 과거에 아버지를 자신
에게서 빼앗아 간 원수는 이제 무력한 시체에 지나지 않았다.

그때 집무실 문이 소리를 내며 천천히 열렸다.

"왜 살아 있는 거야……?"

문틈으로 낮은 목소리가 들려왔다. 방 안을 들여다보고 있는
건, 절망과 증오에 찬 눈빛을 머금은 왕비 거트루드였다. 과거의
그 찬란했던 왕비의 면모는 이제 남아 있지 않았다. 머리카락이
흐트러졌고 온몸을 격렬하게 떨면서 스칼렛을 노려보고 있었다.

"내 남편이 죽었는데, 왜 너는 지옥에 떨어지지 않은 거지……?
왜……?"

남편의 시체. 그리고 아직 살아 있는 왕녀. 원래라면 반대였어야 한다. 남편이자 공범인 클로디어스를 잃고 모든 계획이 수포가 되고 만 것이다.

"아아아아아아아아아아."

거트루드는 패배자가 되어 맞이한 이 현실을 견딜 수 없는 건지, 광기에 찬 비명을 지르면서 도망치듯 어딘가로 달려갔다. 그녀의 목소리는 석조 복도에서 계속 메아리쳤다.

의붓어머니는 죽는 순간까지 미쳐 지낼 것이다. 왕녀는 그렇게 생각했다.

다시 클로디어스의 시체를 향해 시선을 돌렸다.

시녀는 그녀의 심정을 헤아리며 낮은 목소리로 말했다.

"왕녀님께서는 자기 손으로 복수를 하고 싶으셨을 테죠."

"아니, 이제 됐어."

"네?"

"이것으로 드디어, 여행이 끝난 거야."

그녀는 깊은 한숨을 내쉰 후 방을 나서며 문을 닫았다.

그 소리가 가슴 속에 마침표처럼 찍혔다.

엘시노어 성의 교회는 장엄한 정적으로 가득 차 있었다.

거대한 스테인드글라스에서 쏟아져 내리는 빛이 붉은색과 푸른색, 금색의 빛이 되어 대리석 바닥에 그려진 문양을 비쳤다.

스칼렛 왕녀는 대관식용 의상을 입고 차분한 발걸음으로 교회 안쪽에 있는 제단으로 향했다. 대주교가 왕녀 앞에 섰다. 덴마크의 관습에 따라, 스칼렛의 두 어깨 사이와 팔에는 성유가 발라졌다. 대주교의 손에는 덴마크 왕국의 역대 군주가 쓴 왕관이 들려 있었다. 왕녀는 가볍게 고개를 끄덕인 후 숨을 골랐다.

"새로운 여왕에게 신의 가호를."

대주교는 엄숙한 목소리로 선언하고 천천히 왕관을 그녀의 머리에 얹었다. 왕녀는 그 무게를 느끼면서 등을 꼿꼿이 폈다.

귀족, 제후, 가신들이 일제히 무릎을 꿇으면서 한목소리로 말했다.

"새로운 여왕께 영광 있으라."

엘시노어 성의 종소리가 울려 퍼졌다.

종소리는 머나먼 마을까지 전해지면서 나라 전체에 새로운 시대가 도래했음을 알렸다.

맑은 하늘 아래, 엘시노어 성의 광장은 수많은 사람들로 가득 차 있었다.

왕관을 쓰고 순백의 드레스를 입은 스칼렛이 긴장한 표정으로 사람들 앞에 나섰다.

광장 밖까지 가득 채운 수많은 사람들은 새로운 여왕을 주목했다. 아까 대관식에서는 귀족과 가신들이 일제히 환영의 뜻을 표시했다. 하지만 눈앞에 있는 사람들은 덮어놓고 환영하지도, 그렇다고 노골적으로 비난하지도 않았다. 그들의 술렁거림에는 불안과 우려가 동시에 담겨 있었다. 새로운 군주가 어떤 인물인지 가늠하고 있었다.

그녀는 그 독특한 긴장감에 압도당한 나머지 좀처럼 입을 떼지 못했다.

"……."

침묵 속에서, 술렁거리는 목소리만이 점점 커져 갔다.

바로 그때였다.

"새로운 여왕님."

사람들 사이에서 젊은 여성 한 명이 용기를 내며 손을 들었다.

"예전 국왕님처럼, 저희를 괴롭히지 않겠다고 약속해 주시겠어요?"

여성의 절실한 질문에 주위에 있던 이들이 동의했다.

"가난한 사람만 손해 보는 삶은 이제 싫어."

다른 남성도 거친 목소리로 그렇게 외쳤다.

"맞아."

"그래."

많은 사람들이 고개를 끄덕였다. 불만과 비판의 목소리가 곳곳에서 터져 나왔다.

스칼렛은 이들의 목소리를 계기 삼아 마음을 다잡고, 깊이 숨을 들이마시면서 의연하게 한 걸음 앞으로 나섰다.

"여러분."

그녀의 힘찬 목소리가 광장 전체에 울려 퍼졌다.

"만약 여러분이 저를 앞으로 이 나라를 책임질 사람으로 뽑아 주신다면, 여러분의 행복을 위해 최선을 다해 봉사하겠어요."

사람들은 놀란 나머지 눈을 치켜뜨고 그녀를 쳐다봤다.

"이웃 나라와는 우호와 신뢰를 쌓겠어요. 아이들이 절대 죽지 않게 하겠어요. 아무리 괴롭고 힘들어도, 다툼이 없는 길을 포기하지 않고 모색할 것을 약속드려요."

그녀는 진심 어린 눈길로 사람들을 응시하며 호소했다. 그 말 한마디 한마디에 과거의 여정에서 얻은 끈기가 담겨 있었다.

사람들은 숨을 삼킨 채 그녀의 말에 귀를 기울였다.

"이제까지 다툼이 사라지기를 바라며 목숨을 잃은 사람들을 위해, 이제부터 행복을 바라며 태어난 모든 사람을 위해……."

말을 마치자, 그녀가 한 말의 무게를 받아들이기 위한 침묵이 광장 전체에 감돌았다.

가장 먼저 입을 열었던 여성이 떨리는 목소리로 그 침묵을 깼다.

"정말, 다툼이 없는 세상이 찾아올까요?"

가슴에 손을 대고 절실한 목소리로 물었다.

"……네."

스칼렛은 그 여성을 똑바로 쳐다봤다.

"당신이 찬동하며, 협력해 준다면 말이에요."

그 뜻밖의 말에 긴장된 분위기가 누그러들었다. 이런 말을 백
성에게 하는 군주가 이제까지 있었을까? 사람들 사이에서, 하하
하…… 하고 낮은 웃음소리가 들려왔다.

아까 거친 목소리로 말했던 남성이 이번에는 미소를 머금은 채
말했다.

"그렇다면 저희도, 당신을 믿으며 포기하지 않고 노력하겠습니다."

사람들은 새로운 군주의 위엄에 찬 모습에서, 그 일거수일투족
에서 왕의 품격을 느꼈다. 방금 한 말을 듣고 눈앞에 있는 이가 단
순히 핏줄로 뽑힌 후계자가 아니라 고난을 겪으면서 새롭게 태어
난 지도자라는 사실을 이해했다.

"지지합니다."

"저도 지지해요."

그런 목소리가 광장 곳곳에서 들려왔다. 이윽고 그 목소리는 커다란 박수로 변했다.

많은 사람들이 미소 지으며 고개를 끄덕였다.

"어디 해보자고."

"지지하겠어."

"꼭 해내죠."

사람들의 환성과 지지의 목소리가 광장 전체로 퍼져 나갔다.

스칼렛의 가슴에서 뜨거운 감정이 치밀어 올랐다. 그녀는 처음으로 사람들을 향해 환한 미소를 지었다.

"새로운 리더에게 영광 있으라."

사람들의 하나 된 목소리가 울려퍼졌다.

이 순간, 스칼렛은 덴마크의 진정한 수호자가 됐다.

엘시노어 성의 광장에 당당히 선 스칼렛은 기나긴 방랑 끝에 귀환한 오디세우스 같았다. 증오와 분노가 사라지고 미래에 도전하는 강한 결의가 그 자리를 채웠다.

스칼렛은 자신의 나라와 백성을 지키기 위해, 새로운 여정을 떠날 준비를 마쳤다.

새로운 시대가 시작되려 하고 있었다.

덴마크와 스웨덴을 가르는 외레순 해협을 내려다볼 수 있는 해안에 부드러운 풀이 깔려 있었다. 어릴 적에 아버지인 암렛 왕과 함께 온 적 있는 추억의 장소였다.

그곳에 하늘색 드레스를 입은 스칼렛이 있었다.

따듯한 아침 햇살이 쏟아지는 가운데, 새하얀 구름이 천천히 형태를 바꾸며 흘러가고 있었다. 잔잔한 바닷바람이 어깨까지 기른 머리카락을 살랑이게 했다.

부드러운 바람이 마음을 날갯짓하게 했다.

갑자기 귓가에서 누군가가 속삭였다.

살아가.

······그런 목소리가 들렸다.

히지리다.

틀림없다.

그의 넓은 등과 기억 속에 잠들어 있던 광경들을 떠올렸다.

하늘 저편을 올려다보자, 여행 도중에 봤던 그 어지러운 미래 세계의 환영이 되살아났다.

앞으로 새로운 미래가 찾아올 것이다.

스칼렛은 힘찬 미소를 머금고 머나먼 미래를 응시했다.

살아가자.

그것은 히지리와의 약속을 지키기 위한 여정.

다툼 없는 세상을 만들기 위한, 끝이 없는 여행의 막이 올랐다.

끝이 없는 스칼렛

초판 1쇄 인쇄 2026년 1월 2일
초판 1쇄 발행 2026년 1월 12일

지은이	호소다 마모루
옮긴이	이승원
책임편집	김기준
디자인	어나더페이퍼
책임마케팅	최혜령, 박지수, 도우리, 양지환, 박지빈
마케팅	콘텐츠IP사업본부
해외사업	한승빈, 박고은
경영지원	백선희, 권영환, 이기경, 최민선
제작	재영P&B
펴낸이	서현동
펴낸곳	㈜오팬하우스
출판등록	2024년 5월 16일 제2024-000141호
주소	서울특별시 강남구 테헤란로 419, 11층 (삼성동, 강남파이낸스플라자)
이메일	info@ofh.co.kr